W0307737

DIGITALE
BILDKULTUREN

Roland Meyer

GESICHTS-ERKENNUNG

Vernetzte Bilder, körperlose Masken

Verlag Klaus Wagenbach Berlin

DIGITALE BILDKULTUREN

Durch die Digitalisierung haben Bilder einen enormen Bedeutungszuwachs erfahren. Dass sie sich einfacher und variabler denn je herstellen und so schnell wie nie verbreiten und teilen lassen, führt nicht nur zur vielbeschworenen »Bilderflut«, sondern verleiht Bildern auch zusätzliche Funktionen. Erstmals können sich Menschen mit Bildern genauso selbstverständlich austauschen wie mit gesprochener oder geschriebener Sprache. Der schon vor Jahren proklamierte »Iconic Turn« ist Realität geworden.

Die Reihe DIGITALE BILDKULTUREN widmet sich den wichtigsten neuen Formen und Verwendungsweisen von Bildern und ordnet sie kulturgeschichtlich ein. Selfies, Meme, Fake-Bilder oder Bildproteste haben Vorläufer in der analogen Welt. Doch konnten sie nur aus der Logik und Infrastruktur der digitalen Medien heraus entstehen. Nun geht es darum, Kriterien für den Umgang mit diesen Bildphänomenen zu finden und ästhetische, kulturelle sowie soziopolitische Zusammenhänge herzustellen.

Die Bände der Reihe werden ergänzt durch die Website *www.digitalebildkulturen.de*. Dort wird weiterführendes und jeweils aktualisiertes Material zu den einzelnen Bildphänomenen gesammelt und ein Glossar zu den Schlüsselbegriffen der DIGITALEN BILDKULTUREN bereitgestellt.

Herausgegeben von
Annekathrin Kohout und Wolfgang Ullrich

Blur faces
Draw anywhere to blur

Einleitung

Im Januar 2020 machte eine bis dahin unbekannte amerikanische Firma namens Clearview AI weltweit Schlagzeilen: Laut einem Bericht der *New York Times* hatte das Unternehmen rund drei Milliarden Bilder von Plattformen wie Facebook, Instagram und YouTube abgezogen und ohne Einwilligung derjenigen, die die Bilder hochgeladen hatten, in ihren eigenen Datenbanken gespeichert. Mithilfe dieses gewaltigen Datenschatzes sowie avancierter Gesichtserkennungsalgorithmen verspricht die Firma ihren Kunden, darunter Sicherheitsbehörden wie Privatunternehmen, praktisch jedes beliebige Gesicht in Sekundenschnelle identifizieren zu können.[1] Oft reicht ein einziges Foto, um den Namen einer unbekannten Person und deren Online-Profile im Netz zu finden – was die Investor*innen von Clearview AI schon begeistert auf Partys ausprobiert haben sollen.[2] Dass die Firma nicht nur systematisch gegen die Nutzungsbedingungen der Plattformen verstößt, deren Datenbestände sie plündert, sondern auch massiv in Bürgerrechte eingreift, hat ihrem Erfolg bislang wenig geschadet: Hunderte von Polizeibehörden in den USA setzen die Software bereits ein. Das amerikanische Unternehmen ist auch nicht das einzige, das das Netz nach Gesichtern durchforstet. Nur wenige Monate nach den Enthüllungen der *New York Times* sorgte die polnische Firma PimEyes mit einem vergleichbaren Geschäftsmodell für Aufsehen. Auf ihrer Website kann buchstäblich jede*r ein Foto hochladen und mit einer Datenbank von über 900 Millionen Gesichtern abgleichen – angeblich nur, um herauszufinden, auf welchen Websites das eigene Gesicht ungewollt auftaucht. Doch das ist kaum mehr als eine Schutzbehauptung: PimEyes kontrolliert nicht, ob man Bilder eines fremden Gesichts hochlädt, und zahlenden Kund*innen erlaubt die Firma bis zu 100 Millionen Suchabfragen im Monat. Wohl kaum jemand sucht so häufig nach sich selbst.[3]

Während die einen beim Stichwort »Gesichtserkennung« Orwell'sche Bilder staatlicher Totalüberwachung vor Augen haben, denken die anderen an das bequeme Entsperren des Smartphones oder die Sortierung ihres digitalen Fotoalbums. Doch Beispiele wie PimEyes oder Clearview AI zeigen, dass beides die tägliche Realität der Gesichtserkennung nur unzureichend erfasst. Die Freude über praktische neue Gadgets lässt vergessen, dass Gesichtserkennung ein mächtiges Instrument der Überwachung ist, und die Warnung vor dem allmächtigen Big Brother droht nicht nur leicht in Fatalismus umzuschlagen, sie verkennt auch, dass längst nicht mehr bloß Staaten und große Konzerne die Technologie verwenden. Gesichtserkennung ist vielmehr dabei, zur Alltagstechnologie zu werden, die von diversen Akteuren zu unterschiedlichen Zwecken eingesetzt wird – bisweilen auch gegen staatliche Interessen. So arbeiten derzeit weltweit Aktivist*innen daran, sie für den Kampf gegen Polizeigewalt zu nutzen: In Portland etwa begann nach den brutalen Polizeieinsätzen im Sommer 2020 ein lokaler Programmierer mit dem Aufbau einer Gesichterdatenbank. In Hong Kong wurde bereits ein Jahr zuvor ein Aktivist verhaftet, weil er ein Tool zur Identifizierung von Sicherheitskräften programmiert hatte. Und in Frankreich musste im Herbst 2020 der Künstler Paolo Cirio auf Geheiß des Innenministers eine Ausstellung absagen, in der er über 4000 per Gesichtserkennung ausgewertete

#1 Paolo Cirio, *Capture*, Aktion, Paris, 2020

Bilder von Polizeibeamt*innen präsentieren wollte. Das hat Cirio allerdings nicht davon abgehalten, die Bilder auf seiner Website zu zeigen und im Straßenraum zu plakatieren.[4] **(#1)**

Was ist Gesichtserkennung überhaupt? Viele würden sagen: eine Technik der »biometrischen« Identifizierung. Allerdings ist eine solche Definition, die für die Anfänge der Technologie noch zutraf, mittlerweile irreführend. Denn »Biometrie« im Sinne einer Vermessung stabiler körperlicher Merkmale spielt bei vielen heute üblichen Verfahren keine zentrale Rolle mehr. Als Facebook 2015 in den USA verklagt wurde, unzulässig »biometrische« Daten seiner User*innen gespeichert und verarbeitet zu haben, argumentierte der Konzern, bei seiner automatisierten Gesichtserkennung würden gerade keine Körpermerkmale erfasst, sondern bloß Helligkeitsverteilungen in Bildern verglichen.[5] Das war einerseits ein letztlich erfolgloser juristischer Winkelzug, anderseits aber eine bildtheoretisch scharfe Unterscheidung. Von Ausnahmen wie Apples FaceID abgesehen, das zur Entsperrung des iPhones tatsächlich die dreidimensionale Geometrie des Gesichts vermisst, ist Gesichtserkennung in ihrer heutigen Form meist keine Körpervermessung, sondern ein automatisierter Bildvergleich, der Ähnlichkeiten statistisch auswertet. Spezialisierte Algorithmen gleichen dazu Muster in Bilddateien ab, um Übereinstimmungsraten zu errechnen: Wie wahrscheinlich ist es, dass das Gesicht auf diesem Selfie mit dem auf jenem Profilbild übereinstimmt? Wie für jeden Bildvergleich ist dabei auch für die Gesichtserkennung die entscheidende Voraussetzung die Verfügbarkeit von Vergleichsbildern – und die ist mit allgegenwärtigen Smartphone-Kameras und den Netzwerken der Sozialen Medien in den letzten zwei Jahrzehnten explodiert.

Die Bilder, mit denen wir unser Leben festhalten, lagern schon lange nicht mehr in Schuhkartons und Fotoalben, sondern auf Servern und Datenbanken. Sie zirkulieren in weltweiten Netzen, lassen sich jederzeit und überall in unterschiedlichen Formaten abrufen und in immer neuen Konstellationen auf unseren Screens versammeln. Unter den Bedingungen digitaler Vernetzung und algorithmischer Auswertung existiert kein Bild mehr für sich allein. Ob als Instagram-Feed, virtuelles »Album« oder personalisiertes Profil – digitale Bilder sind immer schon mit anderen Bildern verknüpft.[6] Und Gesichtserkennung, darin liegt ihr vielfältig einsetzbares Potenzial, schafft neue Verknüpfungen zwischen zuvor unverbundenen Bildern: Dasselbe Gesichtsmuster auf verschiedenen Bildern, an unterschiedlichen Orten aufgenommen und auf diversen

Plattformen verteilt, wird so demselben Individuum zurechenbar. Gesichtserkennung macht das lebendige Gesicht zum digitalen Anker, der es erlaubt, verstreute Datenspuren miteinander in Beziehungen zu setzen. Mehr noch: Da unsere Gesichter online wie offline verfügbar sind, werden sie zum Interface zwischen der physischen Welt, die wir mit unseren Körpern bewohnen, und den Plattformen, die unsere digitalen Identitäten verwalten. Schließlich ist es dasselbe Gesicht, das von einer Überwachungskamera im Fußballstadion erfasst wird und das auf unseren Instagram-Accounts abrufbar ist.

Das digitale Gesicht ist jedoch ein instabiler Anker und ein wenig verlässliches Interface. Trotz Jahrzehnten der Forschung ist Gesichtserkennung eine fehlerbehaftete Technologie – was ihren kommerziellen Siegeszug bislang allerdings kaum aufgehalten hat (Kap. 1). Ihre Unzuverlässigkeit ist auch nicht bloß ein technischer Mangel, sondern hat strukturelle Gründe. Denn Gesichtserkennung kann immer nur Wahrscheinlichkeiten ermitteln, keine Sicherheiten schaffen. Und sie behandelt nicht alle Gesichter gleich, sondern verschärft bestehende rassistische und sexistische Diskriminierungen (Kap. 2). Insbesondere dort, wo die Technik eingesetzt wird, um Gesichter nicht bloß zu identifizieren, sondern in Hinblick auf Alter, Geschlecht, Stimmung oder gar Charakter zu analysieren, verfestigt sie nicht allein kulturelle Stereotype, sondern verändert unseren Umgang mit dem Gesicht und nötigt uns neue mimische Normen auf (Kap. 3). Gesichtserkennung produziert so digitale Masken – je nachdem, ob wir in einer bestimmten Situation erkannt werden wollen oder nicht, sind wir gezwungen, unsere Gesichter herrschenden Standards zu unterwerfen oder sie gezielt unkenntlich zu machen (Kap. 4). Gesichtserkennung lässt sich damit letztlich nicht mehr von Gesichtsproduktion trennen: Dieselben Technologien, die uns identifizieren sollen, werden dazu eingesetzt, um digitale Gesichter zu manipulieren und ästhetischen wie sozialen Normen anzupassen (Kap. 5). Digital »optimierte« Gesichter zirkulieren so als körperlose Masken in vernetzten Bilderströmen, für die unsere lebendigen Gesichter nur noch den algorithmisch verarbeitbaren Rohstoff liefern. Von dieser scheinbar grenzenlosen digitalen Verfügbarkeit des Gesichts und ihren Konsequenzen handelt dieses Buch. Eines scheint dabei sicher: »Private« Bilder werden nie wieder sein, was sie einmal waren.

1 Faces in the Wild

Wann immer wir unser Gesicht einer Kamera zuwenden, müssen wir heute damit rechnen, dass es digital erfasst und ausgewertet wird. Von vielen unbemerkt sind die Milliarden von Selfies, Snapshots und Videoclips, die wir täglich hochladen, zur wertvollen Ressource geworden, die kommerzielle Unternehmen, staatliche Behörden und mittlerweile selbst Einzelpersonen abschöpfen und bewirtschaften. Um zu verstehen, wie es dazu kommen konnte, lohnt ein Blick in die Geschichte. Denn automatisierte Gesichtserkennung ist keine neue Technologie, sondern kann auf eine jahrzehntelange Entwicklung zurückblicken.[7]

An deren Beginn standen mäßig erfolgreiche Experimente mit dem rechnergestützten Abgleich von Fahndungsfotos, die in den 1960er-Jahren unbemerkt von der Öffentlichkeit im geheimdienstlichen Auftrag stattfanden. Doch schon 1970 konnte die Nippon Electric Company auf der Weltausstellung in Osaka eine Variante der Technologie publikumswirksam präsentieren. Im Rahmen der Attraktion »Computer Physiognomy« sollten die Proband*innen vom Rechner erfahren, welchen Prominenten ihr Gesicht besonders ähnlich sah, um anschließend ein digitales Porträt ihrer selbst ausgedruckt mit nach Hause zu nehmen. Osaka gab den Startschuss für die erste Welle der Forschung zur Gesichtserkennung. Doch trotz Erfolgen unter Laborbedingungen erwiesen sich die Probleme beim praktischen Einsatz als unlösbar, sodass die Forschung in den 1980er-Jahren stagnierte. Anders sah es auf der Kinoleinwand aus: Im James-Bond-Film *Im Angesicht des Todes* (*A View to a Kill*, 1986) ist es ausgerechnet der Schurke Zorin, der den inkognito auftretenden Doppelnull-Agenten mittels Gesichtserkennungssoftware zweifelsfrei identifiziert. Das war zwar reine Fiktion, doch sollte man deren Einfluss nicht unterschätzen. So ließ die technische Abteilung der CIA regelmäßig, wenn ein neuer Bond in die Kinos kam, die vorgeführten Gadgets auf ihre Realisierbarkeit hin prüfen. Und ohne die Flut von Filmen, die seit den 1980er-Jahren Gesichtserkennung als stets fehlerfrei funktionierende Technologie vorführten, hätte sich deren Durchsetzungsprozess sicherlich länger hingezogen.

Dieser nahm in den späten 1990er-Jahren an Fahrt auf, als automatisierte Gesichtserkennung erstmals als kommerzielles Produkt vertrieben wurde. Maßgeschneiderte Anwendungen richteten sich etwa an Casinos, Stadionbetreiber und sogar an Privatleute, die ihren PC vor unerlaubtem Zugriff sichern wollten. Vorangegangen war dem ein Paradigmenwechsel der Forschung. Hatten die frühen Systeme auf die Vermessung einzelner stabiler Größen wie etwa Augenabstände gesetzt **(#2)**, kam 1991 ein neuer Ansatz auf, der auf der statistischen Auswertung von Helligkeitsverteilungen im ganzen Gesicht basierte. Beim sogenannten Eigenface-Verfahren wurden keine anatomischen Merkmale mehr erfasst, die sich auch am lebendigen Gesicht hätten abmessen lassen, vielmehr glich der Algorithmus digitale Bilddatensätze in Hinblick auf statistische Differenzen ab, die sich nur noch nachträglich für Menschenaugen als geisterhafte Schemen visualisieren ließen. **(#3)** Dieser neue, »holistische« statt »merkmalsbasierte« Ansatz löste einen

#2 Takeo Kanade, Schema der merkmalsbasierten Gesichtserkennung, 1977

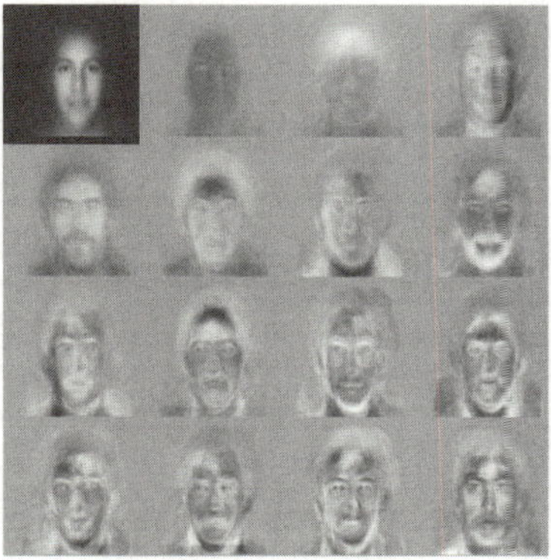

#3 Matthew Turk und Alex Pentland, Eigenfaces zur Gesichtserkennung, erstmals 1991

wahren Forschungsboom aus – wesentlich befördert durch das von der US-Regierung finanzierte FERET-Programm,[8] bei dem zwischen 1994 und 1996 jeweils die vielversprechendsten Algorithmen aus den universitären Computerlaboren in standardisierten Tests gegeneinander antraten. Dabei konkurrierten Algorithmen, die das Eigenface-Verfahren nutzten, mit solchen, die auf verbesserten merkmalsbasierten Ansätzen oder Kombinationen beider Verfahren beruhten. Um die Vergleichbarkeit der Ergebnisse zu garantieren, wurde eigens eine Bilddatenbank aufgebaut, für die Hunderte von Mitarbeiter*innen eines Army Research Laboratory unter standardisierten Bedingungen digital fotografiert wurden. Der Künstler Trevor Paglen hat eine Auswahl der damals entstandenen Porträts 2017 ins Zentrum einer Arbeit gestellt. Ihr Titel: *It Began as a Military Experiment*. **(# 4)**

Dieses »militärische Experiment« bereitete den Boden für die Kommerzialisierung der Technologie, benutzten doch manche der beteiligten Forscher*innen die Testergebnisse, um mit ihnen Risikokapital für ihre neu gegründeten Firmen einzuwerben. Und die drängten dahin, wo staatliche Aufträge das meiste Geld versprachen: in die Videoüberwachung des öffentlichen Raums. Ein früher Feldversuch fand im Sommer 2001 in der Innenstadt von Tampa (Florida) statt. Eine bestehende Videoüberwachungsanlage sollte hier mittels Gesichtserkennung zum »Smart CCTV« aufgerüstet werden, um nach gesuchten Kriminellen zu fahnden. Doch das System war nicht besonders smart: Es häuften sich die Fehlalarme, und nach wenigen Wochen Laufzeit beendete die Polizei still und heimlich den Versuch.[9] Echtzeitgesichtserkennung wurde seitdem immer wieder in Pilotprojekten getestet, in

Deutschland zuletzt 2017/18 am Berliner Bahnhof Südkreuz. Und obwohl sich die Technologie in der Zwischenzeit deutlich verbessert hatte, erwies sie sich einmal mehr als für den flächendeckenden Einsatz untauglich – auch wenn die Verantwortlichen zunächst das Gegenteil behaupteten. Denn selbst die schöngerechneten Erkennungsraten im Pilotversuch hätten, wie der Chaos Computer Club in seiner Kritik des Abschlussberichts herausstellte, im Praxiseinsatz bedeutet, dass Tag für Tag Hunderte von Reisenden fälschlich aufgehalten worden wären, während zugleich von den wenigen gesuchten Personen ein hoher Prozentsatz unerkannt geblieben wäre.[10]

Der Erfolg einer Technologie entscheidet sich jedoch nicht unbedingt daran, was

#4 Trevor Paglen, *It Began as a Military Experiment*, 2017

sie tatsächlich leistet. Entscheidend sind vielmehr die Erwartungen, die sich an sie knüpfen. In dieser Hinsicht sollte der 11. September 2001 alles verändern: Nach den Anschlägen auf die Twin Towers ließ sich dieselbe Technologie, die kurz zuvor – von der Öffentlichkeit unbemerkt – im polizeilichen Feldversuch gescheitert war, als wichtigste Waffe im »Kampf gegen den Terror« vermarkten. Letztlich blieben die Anwendungsfelder jedoch zunächst sehr begrenzt – halbwegs zuverlässig einsetzbar war Gesichtserkennung nur dort, wo sie wie etwa bei der Passkontrolle lediglich standardisierte Vergleichsbilder miteinander abzugleichen hatte. Die strengen Regeln, die seit 2005 für die Anfertigung sogenannter biometrischer Passbilder gelten, legen davon Zeugnis ab: Bis vor gut zehn Jahren funktionierte Gesichtserkennung halbwegs zuverlässig nur bei frontalem Blick, neutralem Hintergrund und unbewegter Mimik. Ihr Einsatzbereich beschränkte sich folglich auf Grenzübergänge und andere Orte, an denen man die zu identifizierenden Subjekte dazu bringen konnte, unter kontrollierten Aufnahmebedingungen in eine Kamera zu schauen.

Das sollte sich mit einer Technologie ändern, die in den letzten Jahren Furore machte und wesentlich für den aktuellen Hype um sogenannte Künstliche Intelligenz (KI) verantwortlich ist: dem »Deep Learning«. Dabei handelt es sich um eine Form maschinellen Lernens mittels sogenannter künstlicher neuronaler Netze. Die Grundidee dazu, die von der Funktionsweise des menschlichen Gehirns inspiriert ist, stammt zwar schon aus den 1940er-Jahren, aber erst um 2010 waren die Bedingungen gegeben, um damit auf dem Feld der Gesichtserkennung hinreichend überzeugende Resultate zu erzielen – neben gestiegener Rechenleistung war das vor allem die massenhafte Verfügbarkeit der nötigen Trainingsdaten. Denn anders als bei älteren Verfahren der Gesichtserkennung muss künstlichen neuronalen Netzen nicht vorgegeben werden, woran sie ein Gesicht erkennen können, sondern sie »lernen« dies durch millionenfachen Versuch und Irrtum.[11]

Um etwa zu trainieren, ein und dasselbe Gesicht in unterschiedlichen Situationen, aus verschiedenen Perspektiven und bei wechselnden Lichtverhältnissen zuverlässig demselben Namen zuzuordnen, werden künstliche neuronale Netze mit riesigen Mengen von Bilderserien gefüttert, die anders als die institutionellen Bilddatenbanken der 1990er-Jahre nicht unter standardisierten, sondern unter realweltlichen Bedingungen aufgenommen wurden – sogenannte *faces in the wild*. Entscheidend für den Trainingsprozess ist, dass diese Gesichter »in freier Wildbahn« bereits »gelabelt«, also zum Beispiel mit dem Namen einer Person verknüpft sind. Sollen die Algorithmen trainiert werden, Gesichter nicht nur zu identifizieren, sondern andere Eigenschaften aus ihnen abzulesen, wie beispielsweise das Alter, das Geschlecht oder die emotionale Stimmung einer Person, brauchen sie auch dafür entsprechende Labels (siehe Kap. 3). Auf Basis dieser gelabelten Trainingsdaten »lernen« die neuronalen Netze dann nicht nur, auf welche »Merkmale« sie zu achten haben, sie bestimmen auch autonom im Trainingsprozess, was überhaupt ein Merkmal ist. Und diese Merkmale müssen kein offensichtliches Äquivalent im Bild haben, denn künstliche neuronale Netze »sehen« nicht wie Menschenaugen, sondern suchen nach statistischen Mustern in Datenmengen.[12]

Woher aber kommen nun diese Trainingsgesichter? Wir alle liefern sie. Einer der ersten Trainingsdatensätze von 2007, schlicht »Labeled Faces in the Wild« benannt, versammelte noch vorwiegend Gesichter von Filmstars und Politiker*innen, die von diversen News-Seiten stammten. **(#5)** Doch seit immer mehr Bilder von gewöhnlichen Leuten im Netz zirkulieren, kann es uns allen passieren, dass unser Gesicht zum Training künstlicher neuronaler Netze genutzt wird. Der Künstler Adam Harvey beschäftigt sich seit Jahren mit Trainingsdatensätzen. Seinen Recherchen ist es zu verdanken, dass Microsoft seine seit 2014 aufgebaute, öffentlich zugängliche Gesichterdatenbank »MS-Celeb« kürzlich vom Netz nehmen musste. »Celeb« stand zwar für »Celebrity«, doch Microsoft hatte eine überaus inklusive Vorstellung von Berühmtheit: Namen und Gesichter von rund 100 000 Menschen waren in der Datenbank gelandet, unter ihnen auch viele Künstler*innen, Wissenschaftler*innen und Journalist*innen, die sich wie Harvey kritisch mit Überwachung beschäftigen.[13]

Und es sind nicht allein unsere Gesichter, die seit gut einem Jahrzehnt für die Entwicklung der Gesichtserkennung massenhaft abgeschöpft werden. Auch unsere Mitarbeit ist gefragt: Wann immer etwa Facebook oder Google Photos uns auffordern, ein Gesicht auf einem Bild zu identifizieren oder einen automatisch generierten Vorschlag zu bestätigen, wirken wir beim Training der Algorithmen mit. Denn das Labeling, also die Identifizierung und Klassifizierung von Trainingsdatensätzen, ist einer der aufwendigsten und teuersten Aspekte des Deep Learning – wenn man ihn nicht an die unbezahlte Clickarbeit von Milliarden von User*innen outsourcen kann.[14] Kein Wunder also, dass Soziale Medien zum wichtigsten Trainings- und Testgelände für Gesichtserkennung und andere Formen der automatisierten Bildauswertung geworden sind. Gesichtserkennung in ihrer heutigen Form ist das Produkt einer digitalen Bildkultur, die riesige Mengen gelabelter Gesichter mühelos verfügbar gemacht hat. Die Skrupellosigkeit von Firmen wie Clearview AI und PimEyes kommt also nicht von ungefähr – sie ist vielmehr die zugespitzte Konsequenz eines grenzenlosen »Überwachungskapitalismus«, dessen Geschäftsmodell darauf basiert, alle Datenspuren, die wir online hinterlassen, systematisch zu erfassen und kommerziell auszuwerten.[15]

#5 Bilder von George W. Bush aus dem »Labeled Faces in the Wild«-Datensatz

Was dabei jedoch mit unseren digitalen Gesichtern geschieht, bleibt strukturell verborgen, und zwar nicht allein, weil sich die Techfirmen ungern in die Karten schauen lassen. Mehr als jede frühere Form komplexer Software sind die heutigen Machine-Learning-

Algorithmen eine Blackbox: Sind die künstlichen neuronalen Netze erst einmal austrainiert, können selbst ihre Entwickler*innen praktisch nicht mehr nachvollziehen, auf Basis welcher Kriterien und Modelle diese zu ihren Entscheidungen gelangen.[16] Unstrittig ist allerdings, dass die Performance der Algorithmen hochgradig von ihren Trainingsdaten abhängig ist. Und die sind niemals neutral. Weil die Trainingsdaten ein Produkt unserer Bildkultur sind, sind sie ebenso wenig wie diese frei von rassistischen, sexistischen und anderen Diskriminierungen. Welche Bilder zum Training ausgewählt werden, was sie zeigen und wie sie gelabelt sind, das beruht auf menschlichen Entscheidungen, Vorannahmen und Vorurteilen, die von den künstlichen neuronalen Netzen in ihren endlosen Trainingsläufen verinnerlicht werden. Was das für Konsequenzen hat, zeigt sich spätestens dort, wo sie mit Gesichtern konfrontiert sind, die nicht denen entsprechen, mit denen sie trainiert wurden.

2 Automatisierte Diskriminierung

Nein, er sei nicht der Mann auf diesem Bild, gab Robert Williams zu Protokoll. Wie zum Beweis nahm er das ausgedruckte Standbild aus dem Überwachungsvideo, das man ihm während der polizeilichen Vernehmung vorgelegt hatte, und hielt es neben sein eigenes Gesicht. Ob sie denn glauben würden, dass alle Schwarzen gleich aussähen, fragte er die Polizeibeamten, die ihm gegenübersaßen. Das Gesicht auf dem Bild war unscharf und nicht gut zu erkennen, aber es war, so dämmerte es langsam den Beamten, wohl nicht das von

Williams. Rund dreißig Stunden nachdem er vor den Augen seiner Familie in Handschellen gelegt und abgeführt worden war, kam Williams wieder frei, wenngleich zunächst nur auf Kaution. Er hatte die Nacht in einer überfüllten Arrestzelle verbracht, ihm waren Fingerabdrücke und DNA-Proben abgenommen worden, er hatte bis zum Verhör nicht erfahren, warum er eigentlich verhaftet worden war, und er sollte noch zwei weitere Wochen warten, bis die Anklage gegen ihn fallen gelassen wurde.[17]

»Der Computer« habe einen »Fehler« gemacht, so musste die Polizei von Detroit schließlich eingestehen. Dass Williams verhaftet worden war, verdankte sich nämlich dem Einsatz automatisierter Gesichtserkennung, wie er für viele amerikanische Polizeibehörden zum Alltag gehört. Im Oktober 2018 hatte ein Unbekannter in einer Detroiter Filiale einer Luxusladenkette Uhren im Wert von 3.800 Dollar gestohlen. Eine Überwachungskamera hatte den Diebstahl gefilmt, und aus den verpixelten und verrauschten Aufnahmen des Täters wurde später ein Standbild isoliert, das die Michigan State Police mit einer 49 Millionen Gesichter umfassenden Bilddatenbank abglich. Als Treffer, der nach Einschätzung des Programms mit einer gewissen Wahrscheinlichkeit mit dem Gesuchten übereinstimmt, spuckte das System Robert Williams' Führerscheinfoto aus. Offiziell gilt eine solche algorithmisch festgestellte Ähnlichkeit nicht als positive Identifizierung, sondern nur als potenzielle Spur, die weitere Ermittlungen erfordert und keinesfalls bereits eine Verhaftung rechtfertigt. Aber in diesem Fall schienen die ermittelnden Beamten froh, Monate nach der Tat überhaupt einen Verdächtigen zu haben. Sie legten das Foto von Williams zusammen mit fünf anderen einer »Zeugin« vor, die zwar nicht zur Tatzeit vor Ort gewesen war, aber im Auftrag der Ladenkette die Überwachungsaufnahmen ausgewertet hatte, und deren Aussage war schließlich Grund genug für die Festnahme.

Williams' Verhaftung im Januar 2020 gilt in den USA als der erste Fall, in dem jemand aufgrund einer fehlerhaften Identifizierung durch Gesichtserkennung unschuldig eines Verbrechens beschuldigt wurde. Zumindest ist es der erste, der landesweit Schlagzeilen machte, sodass sich schließlich der zuständige Staatsanwalt offiziell bei Williams entschuldigen musste. Dass das Opfer ein Schwarzer war, ist dabei kein Zufall. Denn automatisierte Gesichtserkennung ist dafür bekannt, bei der Identifizierung von People of Color signifikant höhere Fehlerquoten aufzuweisen.[18] Die Gefahr, dass ein Algorithmus jemand völlig Unschuldigen zum Verdächtigen macht, ist mithin gerade für jene marginalisierten Gruppen, die bereits massiv mit polizeilicher Diskriminierung zu kämpfen haben, ungleich höher als für Angehörige der Mehrheitsgesellschaft. Für die Software zumindest, so könnte man Williams' rhetorische Frage sarkastisch beantworten, sehen Schwarze vielleicht nicht alle gleich, aber doch häufig verdächtig ähnlich aus.

Das Phänomen wird unter dem Stichwort *racial bias* oder auch – allgemeiner – *algorithmic bias*, also etwa: algorithmische Verzerrung oder Voreingenommenheit, seit Längerem diskutiert: Algorithmen der »Künstlichen Intelligenz« operieren nicht in einem kulturellen Vakuum. Vielmehr spiegeln und verstärken ihre Zuordnungen und Entscheidungen häufig bestehende gesellschaftliche Ungleichheiten. Die US-Forscherin Ruha Benjamin spricht in diesem Zusammenhang vom »New Jim Code«, in Anlehnung an die rassistische Jim-Crow-Gesetzgebung, die nach dem Ende der Sklaverei die alltägliche Unterdrückung der Schwarzen in den Südstaaten rechtlich zementierte. Das Perfide an der algorithmisch verschärften Diskriminierung, so Benjamin, ist ihre Unsichtbarkeit: Allzu häufig werde technischer Fortschritt mit gesellschaftlichem Fortschritt gleichgesetzt und der Einsatz vermeintlich »neutraler« und »objektiver« Technologien als Weg zur Überwindung rassistischer Vorurteile verkauft. Tatsächlich jedoch, so ihr Fazit, verdoppele der »New Jim Code« den Rassismus – er werde zugleich »vergrößert und unter Schichten digitaler Verdrängung begraben«.[19]

Diese »digitale Verdrängung« zeigt sich deutlich in der Geschichte der Gesichtserkennung. Dass Computer nicht jedes Gesicht gleich gut erkennen, ist spätestens seit Anfang der 2000er-Jahre bekannt.[20] Doch das hat die Lobbyist*innen der »biometrischen« Industrie, die nach 9/11 die Stunde des kommerziellen Durchbruchs gekommen sahen, nicht davon abgehalten, automatisierte Gesichtserkennung als frei von menschlicher Diskriminierung anzupreisen. Erste größere öffentliche Wellen schlug 2010 die Markteinführung von Microsofts Xbox Kinect: Schon kurz danach klagten User*innen darüber, dass die Kamera der Spielkonsole ihre Gesichter nicht erkannte. Microsoft, so stellte sich heraus, hatte seine Konsole nur mit männlichen weißen Spielern zwischen 18 und 35 getestet – und die tat sich nun schwer mit weiblichen, älteren und sehr jungen Spieler*innen, und insbesondere mit solchen dunklerer Hautfarbe.[21]

Tatsächlich treten *racial, gender* und *age bias* häufig in Kombination auf und verstärken sich gegenseitig. Implizit setzen viele Algorithmen der Gesichtserkennung das weiße männliche Gesicht mittleren Alters als Norm – wer von dieser Norm abweicht, wird schwerer erkannt und häufiger verwechselt. Obwohl dieses Problem seit rund einem Jahrzehnt breit diskutiert wird, hat sich erstaunlich wenig getan. Die heute verwendeten Systeme haben zwar technisch nicht mehr viel mit jenen zu tun, die vor zehn oder zwanzig Jahren zum Einsatz kamen, doch sie weisen ganz ähnliche diskriminierende Effekte auf. Erste Unternehmen haben daraus Konsequenzen gezogen. Nicht zuletzt in Reaktion auf die Black-Lives-Matter-Proteste kündigte IBM im Sommer 2020 an, sich ganz aus dem Geschäft mit der Gesichtserkennung zurückzuziehen, und Amazon und Microsoft wollen zumindest die Zusammenarbeit mit Polizeibehörden fürs Erste einstellen.[22]

Wenn das Problem der automatisierten Diskriminierung nach fast zwei Jahrzehnten der »digitalen Verdrängung« zumindest in den USA inzwischen so stark ins öffentliche Bewusstsein gedrungen ist, dass große Unternehmen es sich immer weniger leisten können, damit in Verbindung gebracht zu werden, dann verdankt sich dies wesentlich der Arbeit von Joy Buolamwini. Seit Jahren widmet sich die US-amerikanische Informatikerin und Tochter ghanaischer Eltern dem Kampf gegen den *algorithmic bias*. In einem TED-Talk von 2016, der über eine Million Mal aufgerufen wurde, berichtet Buolamwini davon, wie sie während ihres Studiums mit einem Roboter experimentierte, der auf das Gesicht seines Gegenübers reagieren sollte – und wie sie dabei erstmals damit konfrontiert war, für den Blick der Maschine schlicht unsichtbar zu sein. Ohne Mithilfe ihrer Mitbewohnerin, von der sie sich das Gesicht »ausleihen« musste, hätte sie das

#6 Joy Buolamwini, MIT Media Lab, 2019

Experiment nicht abschließen können. Später, als Forscherin am MIT Media Lab, gewöhnte sich Buolamwini an, für solche Fälle eine schneeweiße Maske parat zu halten, die – im Gegensatz zu ihrem wirklichen Gesicht **(#6)** – zuverlässig die algorithmische Norm erfüllte. Auf der Website der Algorithmic Justice League, die Buolamwini gegründet hat, sieht man sie eine solche Maske in die Kamera halten. Das eindrückliche Bild zitiert implizit einen der Klassiker der antirassistischen Theorie, Frantz Fanons *Schwarze Haut, weiße Masken* von 1952, und setzt zugleich in Szene, was sonst unsichtbar bleibt: der »codierte Blick«, der bestimmten Gesichtern die Anerkennung verweigert.

Es ist dabei nicht zuletzt die intersektionale Verstärkung von *racial* und *gender bias*, die Buolamwini in ihrer Forschung thematisiert. Ein gewaltiges Echo erfuhr ihre Studie »Gender Shades« (2018), in der sie kommerzielle Software zur Gesichtsanalyse unter die Lupe nahm, wie sie unter anderem von Microsoft, IBM und dem chinesischen Unternehmen Face++ angeboten wurde.[23] Solche Systeme, von denen im folgenden Kapitel noch die Rede sein wird, dienen nicht der Identifizierung, sondern der Klassifizierung von Gesichtern, sie liefern also keinen Namen zu einem unbekannten Gesicht, sondern treffen zum Beispiel Aussagen über Geschlecht und Alter einer Person. Buolamwini fand heraus, dass die von ihr getesteten Programme zwar das Geschlecht hellhäutiger Männer sehr zuverlässig bestimmen konnten, in allen anderen Fällen aber höchst fehlerhaft operierten. Weibliche Gesichter mit dunklerer Haut wurden von manchen Programmen in rund einem Drittel der Fälle als männlich klassifiziert – das betraf auch so prominente Frauen wie Michelle Obama, Serena Williams oder Oprah Winfrey.

»Gender Shades« machte Furore: Buolamwini trat in zahlreichen Interviews sowie als Sachverständige vor dem US-Kongress auf, und Tech-Giganten wie Microsoft und Amazon fühlten sich genötigt, ihre Software nachzubessern – mit eher durchwachsenen Ergebnissen. Im Dezember 2019 erschien eine Studie des National Institute for Standards and Technology (NIST), die den Einfluss »demografischer« Faktoren wie Alter, Geschlecht und Ethnizität auf die Zuverlässigkeit von Gesichtserkennungsalgorithmen untersucht. Das Ergebnis: Für People of Color, Frauen sowie ältere und sehr junge Menschen war die Wahrscheinlichkeit, fälschlich als jemand anderes identifiziert zu werden, um den Faktor zehn bis hundert erhöht. Trotz aller Unterschiede traten diese Effekte bei allen getesteten Algorithmen gleichermaßen auf, mit einer Ausnahme: Während asiatische Gesichter von Algorithmen, die in den USA und Europa entwickelt worden waren, häufig schlechter erkannt wurden als die Gesichter von Europäer*innen, kehrte sich dieser Effekt bei Algorithmen aus China um.[24]

Was sind nun die Gründe für diese Verzerrungen? Zweifellos spielt die Zusammensetzung von Trainings- und Testdatenbanken eine zentrale Rolle, die häufig ein massives Ungleichgewicht aufweist. Nicht wenige gängige Datenbanken wurden in den letzten zwei Jahrzehnten mit Bildern prominenter Gesichter aus dem Internet gefüttert und bilden daher ab, wie wenig divers unsere visuelle Kultur tatsächlich ist. So waren die Gesichter in einem bis vor Kurzem verwendeten Datensatz zu schätzungsweise 75 Prozent männlich und zu mehr als 80 Prozent weiß.[25] Es überrascht kaum, dass ein Algorithmus, der mit diesen Gesichtern trainiert wurde, an nicht-weißen, nicht-männlichen Gesichtern scheitert. Deswegen setzen immer mehr Entwickler*innen auf möglichst diverse Datensätze. Zu diesem Zweck schloss etwa die chinesische Firma CloudWalk 2018 eine »strategische Partnerschaft« mit der Regierung von Simbabwe ab: Cloudwalk liefert dem südafrikanischen Staat seine Gesichtserkennungssoftware und bekommt dafür Zugriff auf Millionen von Gesichtern, damit Algorithmen des Unternehmens künftig auch auf dem afrikanischen Kontinent einsetzbar sind.[26]

Doch wenn der *algorithmic bias* allein ein Produkt beschränkter Datensätze ist, warum hält er sich dann so hartnäckig? Möglicherweise gibt es noch andere Ursachen. Maschinelles Lernen ist kein vollautomatisierter Prozess, vielmehr sind es stets Menschen, die nicht nur die Datensätze auswählen, mit denen die Algorithmen trainiert werden, sondern auch die mathematischen Modelle und weitere Parameter bestimmen, die dabei zum Einsatz kommen.[27] Die Bedingungen maschinellen Lernens werden von Menschen optimiert, bis diese mit dem Ergebnis zufrieden sind. Dennoch ist bislang kaum erforscht, wie sehr nicht nur die mangelnde Diversität von Datensätzen, sondern auch mangelnde Diversität in den Computerlaboren zum *algorithmic bias* beiträgt. So lange dort ethnisch, geschlechtlich, altersmäßig und sozial äußerst homogene Teams an der Entwicklung der Algorithmen arbeiten, werden diese wohl auch weiterhin hegemoniale Vorstellungen darüber spiegeln, was ein »normales« Gesicht ist und woran man es erkennen kann.

Wie sich Normalitätsvorstellungen in die Entwicklung von Technologien einschreiben, dafür bietet die Geschichte der Farbfotografie ein anschauliches Beispiel. Seit deren Anfängen in den 1940er-Jahren benutzte man in vielen Fotolaboren Nordamerikas sogenannte Shirley Cards **(#7)** zur Kalibrierung. Diese von der Firma Kodak in großer Stückzahl und diversen Auflagen produzierten Porträtfotos einer jungen weißen Frau bildeten, so die Fotohistorikerin Lorna Roth, die »ultimative Norm«: Auf die zartrosa Abstufungen ihrer hellen Haut waren die Abbildungsqualität und vermeintliche Farbtreue des Kodakfilms ausgerichtet.[28] Dunklere Hauttöne dagegen bildete er nur undifferenziert ab. Dies fiel ab den 1960er-Jahren im-

#7 Kodak Shirley Card, 1960

mer mehr afroamerikanischen Eltern auf, deren Kinder auf den Klassenfotos der mittlerweile gemischten Schulklassen kaum zu erkennen waren. Doch nicht deren Proteste, sondern vielmehr die Beschwerden von Möbel- und Schokoladenherstellern, die ihre Produkte besser in Szene gesetzt wissen wollten, zwangen Kodak in den 1970er-Jahren schließlich dazu, Farbfilme zu entwickeln, die das ganze Spektrum von Brauntönen differenziert abbildeten. Bis es auch ein Model mit dunklerer Hautfarbe auf eine »multiethnische Shirley Card« schaffen sollte, dauerte es bis in die 1990er-Jahre.

Nicht jede Maßnahme zur Überwindung eines *bias*, auch das zeigt die Fotografiegeschichte, ist allerdings im Sinne der Betroffenen. Kodak war nicht der einzige Hersteller, dessen Filme für die Abbildung heller Hauttöne optimiert worden waren. Auch das ID-2-System von Polaroid zur Anfertigung von Passbildern, das 1966 auf den Markt kam, war auf das weiße Gesicht als Norm ausgerichtet, besaß allerdings einen speziellen »Boost-Button«, der den Blitz so weit verstärkte, dass auch dunklere Hauttöne abgebildet werden konnten. Das war wohl einer der Gründe, warum das südafrikanische Apartheidregime zu ID-2 griff, um es für die Herstellung der sogenannten Reference Books zu nutzen. Dabei handelte es sich um spezielle Pässe, die die entrechtete Mehrheitsbevölkerung ständig bei sich tragen musste. Erst massive Proteste zwangen Polaroid schließlich dazu, die Zusammenarbeit mit der südafrikanischen Regierung einzustellen.[29]

»Diversität« und »Inklusion«, wie sie sich Teile der Tech-Industrie mittlerweile auf die Fahnen schreiben, führen also nicht unbedingt zu mehr Gerechtigkeit – insbesondere dann nicht, wenn es nicht um Repräsentation und Zugang, sondern um Identifizierung und Überwachung geht. In seinem Essay »Against Black Inclusion in Facial Recognition« meldet der US-amerikanische Programmierer und Aktivist Nabil Hassein daher trotz aller Sympathien für die Arbeit Buolamwinis Zweifel am Projekt einer »algorithmischen Gerechtigkeit« an. In den Händen eines strukturell rassistischen Systems erweise sich, so Hassein, jede noch so diverse und inklusive Technologie als Instrument der Unterdrückung.[30] Ein ähnliche Skepsis formuliert die feministische KI-Expertin Ivana Bartoletti: Die verbreitete »Obsession«, Algorithmen zu »fixen«, also nach technischen Lösungen für komplexe Probleme zu suchen, könnte sich als »Nebelkerze« herausstellen, die von den gesellschaftlichen Machtstrukturen hinter den Algorithmen ablenke.[31]

Denn selbst wenn dafür gesorgt wäre, dass Gesichtserkennungsalgorithmen nicht länger einen *racial bias* aufwiesen, hieße das noch nicht, dass ihr Einsatz frei von Diskriminierung wäre. Das zeigt auch der zu Beginn dieses Kapitels geschilderte Fall von Robert Williams. Nicht allein »der Computer« hatte hier einen »Fehler« gemacht. Williams Verhaftung war vielmehr das Produkt einer Reihe fragwürdiger menschlicher Entscheidungen: die Entscheidung, ein einziges verrauschtes Überwachungsbild mit riesigen Mengen von Führerscheinfotos abzugleichen; die Entscheidung, vom dabei erzielten Treffer ohne ernsthafte Ermittlungen einen dringenden Tatverdacht gegen eine Person abzuleiten, die zuvor in keiner Verbindung zur Tat stand; schließlich die Entscheidung, den so gefundenen Verdächtigen umstandslos am helllichten Tag vor seinem eigenen Hauses zu verhaften – ohne ihn auch nur nach einem Alibi zu fragen (das er, wie sich später herausstellen sollte, nämlich hatte). Wären alle diese Entscheidungen genauso getroffen worden, wenn es sich bei dem gesuchten Täter um einen weißen Mann gehandelt hätte?

Selbst eine völlige Beseitigung des *racial bias* würde einen Fall wie den von Williams zwar unwahrscheinlicher, aber keineswegs unmöglich machen. Denn Gesichtserkennungsalgorithmen operieren nie fehlerfrei – vor allem dann nicht, wenn die Qualität der Bilder, die sie miteinander abgleichen sollen, mehr als mangelhaft ist. Liest man die Berichte, die über den Einsatz von Gesichtserkennungssystemen durch US-Polizeibehörden kursieren, muss man sich fragen, ob dafür bereits ein Problembewusstsein vorhanden ist. So wurde 2019 bekannt, dass Beamt*innen der New Yorker Polizei, nachdem eine unscharfe Überwachungsaufnahme keinen Treffer im System zutage gefördert hatte, auf ein hochauflösendes Porträt von Woody Harrelson zurückgriffen – sah doch der Hollywood-Schauspieler in ihren Augen dem gesuchten Ladendieb hinreichend ähnlich. In anderen Fällen wurden die Beamt*innen mit Photoshop kreativ: Sie jagten verpixelte Aufnahmen durch Unschärfefilter, ergänzten verdeckte Gesichtspartien, indem sie die andere Gesichtshälfte spiegelverkehrt einsetzten, und wo im Original geschlossene Augen die Erkennung erschwerten, kopierten sie ein vermeintlich »passendes« Augenpaar aus einem vollkommen fremden Gesicht.[32] Angesichts eines derartigen Umgangs mit einer ebenso mächtigen wie fehleranfälligen Technologie könnte eine bloße Minimierung des *racial bias* ohne gleichzeitige Kontrolle der Einsatzbedingungen von automatisierter Gesichtserkennung die Lage sogar noch verschlimmern: Denn sie könnte das naive Vertrauen in die vermeintliche Objektivität und Zuverlässigkeit der Technologie weiter befördern und es Menschen wie Robert Williams noch schwerer machen, sich gegen die Diskriminierung, die sie erfahren, zu wehren.

3 Muster und Labels

Im Mai 2020 veröffentlichte die Harrisburg University in Pennsylvania eine Pressemitteilung, die für einiges Aufsehen sorgte, wenngleich nicht ganz so wie erhofft. Zwei Professoren und ein Doktorand der Universität hätten eine Software entwickelt, die »mit 80-prozentiger Zuverlässigkeit und ohne *racial bias*« feststellen könne, ob jemand kriminell sei – allein anhand eines Bildes des Gesichts. Ein solches Programm, so wurde der beteiligte Doktorand, zugleich ein »Veteran« der New Yorker Polizei, zitiert, könne Strafverfolgungsbehörden »einen erheblichen Vorteil« bei der Verbrechensprävention verschaffen. Die Forschungsergebnisse würden demnächst im Wissenschaftsverlag Springer Nature publiziert. Doch dazu kam es nicht. Denn ein Sturm der Entrüstung brach los: Über tausend Wissenschaftler*innen unterschiedlichster Disziplinen forderten in einem offenen Brief den Verlag auf, den Artikel nicht zu veröffentlichen – was dieser schließlich zusagte. Auch die Universität entfernte die Mitteilung von ihrer Website. Wer sie sucht, findet dort jetzt ein blumiges Bekenntnis zu Forschungsfreiheit, Diversität, Verantwortung und Dialog.[33]

Die Idee, aus dem Äußeren eines Menschen Hinweise auf Neigungen zu kriminellem Verhalten ablesen zu wollen, ist bekanntlich nicht ganz neu. Schon der Zürcher Pastor Johann

Caspar Lavater, der im 18. Jahrhundert die Lehre der Physiognomik, also der Charakterdeutung aus unveränderlichen Gesichtszügen, populär machte, wollte diese vor Gericht eingesetzt wissen. In der zweiten Hälfte des 19. Jahrhunderts entstand dann mit der Kriminalanthropologie des italienischen Arztes Cesare Lombroso eine ganze Wissenschaft, die allein um den Nachweis eines an körperlichen Merkmalen erkennbaren »Verbrechertypus« kreiste. In zahlreichen Publikationen katalogisierte Lombroso diverse »Stigmata« des »geborenen Verbrechers«, von angeblichen Schädelanomalien bis hin zum »falschen, finsteren Blick«. Und zur Illustration bediente er sich großzügig bei der Bildproduktion der Polizeibehörden, die gerade angefangen hatten, das neue Medium Fotografie zu erkennungsdienstlichen Zwecken einzusetzen. Angeregt von Lombroso widmete sich in den 1880er-Jahren auch Francis Galton, der Begründer der Eugenik, der Suche nach dem Bild des typischen Verbrechers. In sogenannten Kompositporträts überlagerte er mehrere fotografische Einzelbilder, um eine Art optischen Durchschnitt sichtbar zu machen. **(#8)** Aus den ineinander

#8 Francis Galton, Kompositporträts des »kriminellen Typus«, um 1880

geblendeten Gesichtern verschiedener Straftäter sollte so auf vermeintlich »objektivem« Weg das Gesicht der Kriminalität selbst destilliert werden.[34]

Lombrosos »Kriminalanthropologie« war schon zu seinen Lebzeiten umstritten und galt in ihrer ursprünglichen Form bald als überholt. Aber in modifizierter Form lebte sie bis weit ins 20. Jahrhundert fort. In Deutschland etwa bereiteten seit den 1920er-Jahren »kriminalbiologische« Schädelvermessungen die nationalsozialistische Verfolgung sogenannter »Berufsverbrecher« und »Asozialer« vor. Angesichts dieser unrühmlichen Tradition mutet es geradezu zynisch an, wenn die Forscher aus Harrisburg behaupten, ihre Software arbeite gänzlich ohne *racial bias*. Das ist schon allein aufgrund des verfügbaren Datenmaterials unmöglich. Denn wie auch immer ihr Forschungsdesign genau aussah – mangels Alternativen werden sie bei ihrer Suche nach dem »kriminellen« Gesicht, wie schon Lombroso und Galton vor ihnen, auf Bilder aus den Beständen von Polizei und Gefängnissen zurückgegriffen haben. Und damit reproduzieren ihre Ergebnisse notwendigerweise die soziale Selektivität und den (für die USA gut belegten, hierzulande bekanntlich bislang unzureichend erforschten) institutionellen Rassismus der Strafverfolgungsbehörden.[35] Das galt schon im Italien Lombrosos: Hier waren es die verarmten Massen, die aus dem Süden des Landes in die Städte des Nordens strömten, und insbesondere Sinti und Roma, die mit verstärkter polizeilicher Erfassung rechnen mussten und so das Bild der Kriminalanthropologie vom »geborenen Verbrecher« prägten.

Im Zeitalter von Big Data und Deep Learning erfahren längst überwunden geglaubte physiognomische Traditionen eine Renaissance.[36] Die Entrüstung, die die Pressemitteilung aus Harrisburg auslöste, deutet zwar darauf hin, dass die Scientific Community diesen Entwicklungen mehrheitlich ablehnend gegenübersteht. Doch immer wieder kursieren Meldungen wie etwa jene, dass Informatiker der renommierten Stanford University allen Ernstes ein künstliches neuronales Netzwerk darauf trainiert haben, aus Online-Profilbildern Rückschlüsse auf die vermeintliche sexuelle Orientierung der Abgebildeten zu ziehen.[37] Und bereits 2016, mehr als drei Jahre vor der Meldung aus Harrisburg, verkündeten zwei chinesische Forscher, es wäre ihnen mittels Deep Learning gelungen, »kriminelle« von »nicht-kriminellen« Gesichtern zu unterscheiden. In ihrem Paper schrecken die beiden Informatiker auch nicht vor Schlussfolgerungen zurück, die schon Lombroso ganz ähnlich hätte formulieren können: »[D]ie allgemeine gesetzestreue Öffentlichkeit hat Gesichtszüge, die in wesentlich geringerem Maße variieren als die von Kriminellen.«[38] Illustriert werden solche Aussagen passenderweise mit Durchschnittsgesichtern, die wie ein digitales Update von Galtons Kompositporträts wirken. **(#9)**

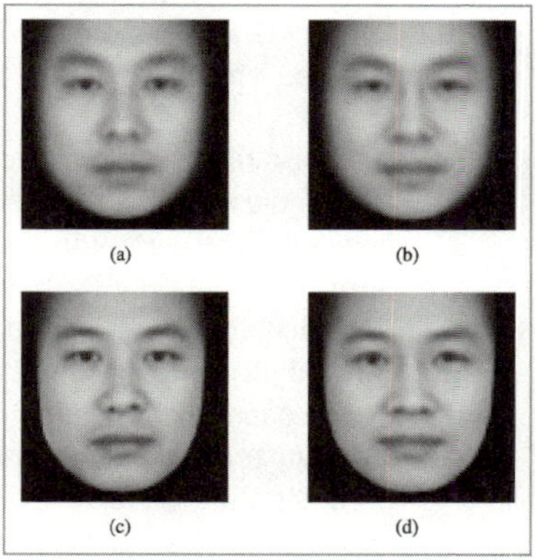

#9 Xiaolin Wu, Xi Zhang, »Kriminel e« (a, c) und »nicht-kriminelle« (b, d) Durchschnittsgesichter im Vergleich

Der Vergleich mit Galton vermag auch zu erklären, was solche Forschung antreibt. Galton dilettierte in einer Fülle von Wissensgebieten, doch seine eigentliche Leidenschaft galt der Statistik. Er war geradezu besessen davon, psychische, soziale wie natürliche Phänomene quantitativ zu erfassen und in den so erhobenen Datenmengen Regularitäten aufzuspüren. Gesichter jedoch entzogen sich im Zeitalter analoger Fotografie noch einer vollständigen Quantifizierung. Umso begeisterter war Galton, mit der Kompositfotografie ein optisches Verfahren gefunden zu haben, das für ihn eine perfekte Analogie zur statistischen Mustererkennung darstellte. Anders als Lombroso war er nicht primär am »Verbrecher« interessiert. Ihn faszinierte die Möglichkeit, das noch junge Medium der Fotografie als vermeintlich »objektives« Instrument der Datenerfassung zu nutzen und mit dem Versprechen der Statistik kurzzuschließen, auch komplexe Phänomene, die sich bis dahin der wissenschaftlichen Analyse entzogen hatten, mathematisch beherrschbar zu machen.

Es ist diese positivistische Verheißung des 19. Jahrhunderts, die derzeit auf dem aktuellen technischen Stand wiederbelebt wird. Wie damals Fotografie und Statistik, so firmieren heute Big Data und Deep Learning als universelle Techniken der Wissensproduktion mit kaum absehbaren Einsatzmöglichkeiten. Mit Galton und seinen Zeitgenoss*innen teilen dabei nicht wenige der heutigen Informatiker*innen den unbedingten Glauben an die »Neutralität« der Technik. Zwar sind die Verfahren, mit denen sie operieren, ungleich avancierter als Galtons schlichte Versuchsanordnungen, doch zielen sie im Kern auf das Gleiche: Mustererkennung mittels statistischer Analyse.[39] Dafür allerdings brauchen sie, wie schon Galton, geeignete Ausgangsdaten. Bilder von

Gesichtern bieten sich aus mehreren Gründen an: Sie sind bereits als digitale Datensätze verfügbar, dank des Booms automatisierter Gesichtserkennung stehen erprobte Techniken zu ihrer Aufbereitung bereit, und es existiert ein tief verwurzelter Glaube daran, alles Mögliche aus ihnen herauslesen zu können.

Wer jedoch in der Nachfolge Lavaters und Lombrosos neuronalen Netzen beibringen will, menschliche Eigenschaften und Neigungen aus unveränderlichen Gesichtszügen abzuleiten, benötigt eine ausreichend große Zahl bereits gelabelter Bilder von Gesichtern (siehe Kap. 1). Und wer diese aufwendige Klassifikationsarbeit nicht selbst vornehmen oder an Crowdworking-Plattformen auslagern will, muss sich auf die Suche nach verwertbaren Datenbeständen machen. Dass sich Informatiker ausgerechnet der eher fachfremden Frage nach der Erkennbarkeit der »Kriminalität« widmen, ist daher kein Zufall. Wie schon für Lombroso und Galton erweisen sich auch für die digitale Mustererkennung polizeiliche Bildarchive als fruchtbare Datenquelle. Hier lassen sich große Mengen von Gesichtsbildern abschöpfen, denen bereits eindeutig ein Label (»kriminell«) zugewiesen ist. Eine andere beliebte Quelle sind Soziale Medien. Allerdings sind es hier die Individuen selbst, die sich, so der Kulturwissenschaftler Andreas Bernard, als »Komplizen des Erkennungsdienstes«[40] maschinenlesbare Etiketten verpassen und ihren Profilbildern zum Beispiel ihre sexuellen oder politischen Präferenzen zuordnen. Die Forscher aus Stanford, die den Computer anatomische Unterschiede zwischen homo- und heterosexuellen Gesichtern finden lassen wollten, bedienten sich dafür unter anderem bei schwulen Dating Sites, und in einer anderen Studie erlaubten es ihnen Social-Media-Profile, nach physiognomischen Differenzen zwischen Republikanern und Demokraten zu fahnden.[41]

Die seltsamen Blüten, die der Hype um Deep Learning hervorbringt, sind also nicht zuletzt Effekt der schlichten Verfügbarkeit ganz bestimmter gelabelter Bilder. Die neophysiognomische Mustererkennung sattelt auf bestehende Formate der sozialen Typisierung und Klassifizierung auf, deren Datenoutput sie zweitverwertet. Doch zeigt sich dabei vor allem, dass die vermeintliche »Künstliche Intelligenz« nicht zwischen plausiblen und absurden Hypothesen zu unterscheiden vermag. Sie erledigt jede Aufgabe einzig mit dem Ziel der Optimierung: Wenn sie Muster in Datenmengen finden soll, dann findet sie auch welche. Ein neuronales Netz, das, wie im chinesischen Fall, einerseits mit Aufnahmen aus Polizeidatenbanken, andererseits mit von Websites zusammengesuchten Profilbildern gefüttert wurde, wird nach Möglichkeiten suchen, diese Bildergruppen zu unterscheiden. Doch selbst wenn das mit gewisser Wahrscheinlichkeit gelingt, heißt das noch nicht, dass sich »Kriminalität« an physiognomischen Merkmalen ablesen ließe. Denn wen sollte es wundern, dass Bilder, mit denen sich Menschen auf den Seiten ihrer Firma oder Uni der Öffentlichkeit präsentieren, anders aussehen als solche, die die Polizei zu Fahndungszwecken verwendet? Tatsächlich scheint der Algorithmus in diesem Fall eher auf das leichte Lächeln der »nicht-kriminellen« Kontrollgruppe angesprungen zu sein als auf unveränderliche Gesichtszüge.[42]

Ähnliches gilt im Fall der Studie zur algorithmischen Erkennung sexueller Orientierung, wo unterschiedliche Inszenierungsvorlieben wesentlich für den »Erfolg« waren. So hat eine Forscher*innengruppe um den Chicagoer Psychologen Alexander Todorov darauf hingewiesen, dass heterosexuelle Männer ihre Selfies gerne leicht von unten aufnehmen – eine typische Dominanzgeste, die das Kinn betont. Rechne man solche und weitere kulturelle Faktoren heraus, so ihre vernichtende Kritik an den Stanforder Kollegen, sinke die Erkennungsrate auf etwa 50 Prozent.[43] Anders gesagt: Man hätte genauso gut eine Münze werfen können. Es waren also nicht, wie die Forscher aus Stanford glaubten, die anatomischen Eigenschaften der Gesichter, die sich unterschieden, sondern vielmehr die Bilder, die sie verwendeten, ohne dabei in Betracht zu ziehen, dass diese stets das Produkt einer spezifischen visuellen Kultur, ihrer Schönheitsideale und Geschlechternormen sind. In beiden Fällen passierte vermutlich, was man im Fachjargon *overfitting* nennt, »Überanpassung«: Der Algorithmus fokussierte auf solche Muster in den Trainingsdaten, die sich gerade nicht im Sinne der Aufgabe generalisieren ließen. Statt unveränderlicher Gesichtszüge lernte er die visuellen Codes ganz bestimmter Plattformen und Communities zu unterscheiden – oder auch nur die Abwesenheit eines professionellen Lächelns auf Fahndungsbildern zu erkennen.

Forschungen wie die genannten sind bislang ein Randphänomen, und die massive Kritik, die sie auf sich ziehen, lässt hoffen, dass das auch so bleibt. Was jedoch seit Jahren zum kommerziellen Standardangebot großer IT-Unternehmen gehört, sind Programme, die Alter, Geschlecht oder auch Emotionen aus digital erfassten Gesichtern herauslesen sollen. Sie mögen auf den ersten Blick seriöser erscheinen, doch basieren sie auf kaum weniger problematischen Voraussetzungen.

So ist die automatisierte Zuschreibung von Labels wie »männlich« oder »weiblich« nicht nur besonders anfällig für das Problem des *racial bias* (siehe Kap. 2), sie führt auch unweigerlich zur Verfestigung von Geschlechterklischees. Das macht eine Arbeit des Künstlers Trevor Paglen anschaulich. Für *Machine Readable Hito* (2017) hat Paglen seine Kollegin Hito Steyerl Hunderte von Grimassen ziehen lassen und unter jedem Bild die Auswertungsergebnisse einer Gesichtsanalysesoftware eingetragen: exakt quantifizierte *scores* für Emotionen, Alter und Geschlecht. **(#10)** Die Werte für *gender* reichen dabei von über 90 Prozent *female* bis zu 60 Prozent *male*. Geschlechtsidentität scheint hier mimisch verflüssigt, als schwankender Wert auf einer kontinuierlichen Skala. Doch am Ende steht immer ein binäres Urteil – männlich *oder* weiblich. Und diese Zuordnung folgt einem auffälligen Muster: Je weniger Steyerl lächelte, umso deutlicher wurde sie als männlich klassifiziert (und umgekehrt). Aus den Bildern, die zum Training benutzt wurden, hat die Software offenbar gelernt, Lächeln als ein Merkmal von Weiblichkeit zu interpretieren – ein Fall von *overfitting*, dessen Konsequenzen erheblich scheinen. Denn letztlich drängen uns solche Programme, das Geschlecht, mit dem wir uns identifizieren, entsprechend standardisierter Muster vor der Kamera zu *performen*. Weiblichkeit wie Männlichkeit werden so zur digitalen Maskerade, und nichtbinäre Optionen scheinen von vorneherein ausgeschlossen.

In ihrer Ignoranz gegenüber der kulturellen, sozialen wie psychologischen Komplexität geschlechtlicher Identitäten kalkulieren digitale Gesichtsanalysen einen signifikanten Anteil von Misgendering ein – und diese häufig als verletzend empfundenen Falschzuweisungen betreffen insbesondere

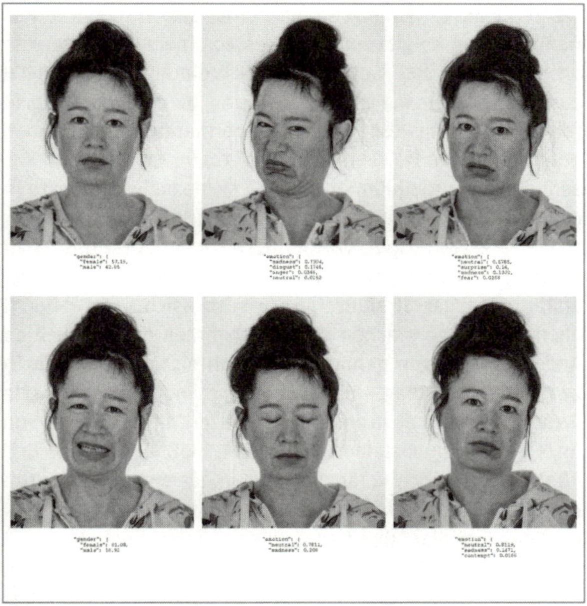

#10 Trevor Paglen, *Machine Readable Hito*, 2017 (Detail)

Gesichter und Identitäten, die nicht herrschenden Normen entsprechen. Zumindest Teile der Tech-Industrie haben das Problem inzwischen erkannt. So kündigte Google im Februar 2020 an, bei seiner Bildanalysesoftware künftig auf Zuschreibungen wie *woman* und *man* zu verzichten, da, wie es in einer offiziellen Mitteilung des Konzerns hieß, »das Geschlecht (*gender*) einer Person nicht von ihrem Aussehen abgeleitet werden kann«.[44] Ein solcher Schritt ist aber bislang die Ausnahme. Denn es gibt ein massives kommerzielles Interesse an automatisierter Geschlechtszuschreibung, nicht zuletzt zum Zweck personalisierter Werbung. Bereits 2016 starteten die Deutsche Post sowie die Supermarktkette Real einen entsprechenden Pilotversuch. An Werbebildschirmen im Kassenbereich wurden Kameras mit Gesichtsanalysesoftware installiert, um Kund*innen je nach Alter und Geschlecht unterschiedliche Werbespots vorführen zu können. Die Kundschaft allerdings reagierte misstrauisch, der Verein Digitalcourage erstattete sogar Strafanzeige, und angesichts der öffentlichen Diskussion brachen die Unternehmen den Versuch ab. Anderswo dagegen gehören sogenannte *smart billboards* inzwischen zum Alltag – die australische Shopping-Mall-Kette Westfield etwa hat in ihren Einkaufszentren Hunderte von Anzeigewänden installiert, die nicht bloß Geschlecht und Alter, sondern auch Veränderungen in der emotionalen Stimmung der Shopper*innen erfassen, um Werbetreibende über die Reaktionen auf ihre Kampagnen zu informieren.[45]

Beispiele wie dieses stehen für einen beunruhigenden Trend: Die Geschäftsmodelle des digitalen »Überwachungskapitalismus« mit seiner automatischen Kopplung von Werbung und Datenerfassung dringen zunehmend aus dem virtuellen in den physischen Raum ein. Und das Gesicht spielt dabei eine Schlüsselrolle: als Anker nämlich, der die physischen Bewegungen der Konsument*innen durch Supermärkte, Malls und Flughäfen nachverfolgbar macht und dabei zugleich Aufschluss über deren geheime Wünsche und Vorlieben verspricht. Wo online Cookies und andere Formen des digitalen Trackings dafür sorgen, dass wir genau die Werbung zu sehen bekommen, die für uns bestimmt ist, sollen offline unsere von Kameras erfassten Gesichter die gezielte Adressierung ermöglichen, und das algorithmisch erkannte Lächeln vor dem Werbedisplay wird zum mimischen Äquivalent eines Likes. Kein Wunder also, dass Werbung und Marktforschung an der boomenden Emotionserkennung interessiert sind. Doch die Anwendungsbereiche des sogenannten *Affective Computing* gehen weit darüber hinaus: Emotionserkennung soll unseren Smartphones, Tablets und digitalen Assistenten erlauben, individuell auf unsere Stimmungen zu reagieren – und unsere ebenfalls digital vernetzten Autos entscheiden lassen, wann wir zu gereizt zum Fahren sind; bei der Überwachung des öffentlichen Raumes soll sie helfen, auffällig aggressives Verhalten frühzeitig zu identifizieren, und manche Personalabteilungen setzen sie bereits bei automatisierten Online-Interviews zur Vorauswahl von Bewerber*innen ein.

Es sind jedoch nicht allein solche Anwendungen, die die Emotionserkennung problematisch erscheinen lassen – schon ihre konzeptuellen Voraussetzungen sind mehr als fragwürdig. Die gängigen Systeme unterscheiden in der Regel eine eng begrenzte Auswahl distinkter Emotionen wie Trauer, Freude, Angst, Ekel, Überraschung und Ärger, die sie als quantifizierbare Einzelwerte aus sichtbaren Veränderungen der Mimik ableiten (manche Systeme erfassen ergänzend auch Stimme und Körperdaten). Die dahinterstehende Idee, die Vielfalt menschlicher Gefühlsregungen lasse sich auf ein halbes Dutzend »Basisemotionen« herunterbrechen, geht wesentlich auf den US-amerikanischen Psychologen Paul Ekman zurück, dessen Forschung aus den 1960er- und

70er-Jahren bis heute die Grundlage der digitalen Emotionserkennung darstellt. Und das ist kein Zufall: Denn bereits Ekmans analoger Versuch der Klassifizierung von Emotionen beruhte darauf, Bildern von Gesichtern möglichst eindeutige Labels zuzuweisen.

Um zur Auswahl von sechs, später sieben universell lesbaren »Basisemotionen« zu gelangen, ließen Ekman und sein Kollege Wallace Friesen eine Reihe von Models vor der Kamera bestimmte Gesichtsmuskeln anspannen und legten die dabei entstandenen Fotos weltweit Proband*innen zur Interpretation vor. Kulturübergreifend erwiesen sich dabei manche Gesichtsausdrücke als besonders gut lesbar – etwa die zum Lächeln hochgezogenen Mundwinkel, die, so Ekman, von den USA bis Neuguinea zuverlässig als »Freude« interpretiert würden. Ähnliches gelte für »Ekel« (Hochziehen der Oberlippe) oder »Ärger« (Zusammenpressen von Lippen und Augenbrauen). **(#11)** Dass die Bilder, mit denen Ekman und Friesen operierten, eher Karikaturen als natürlichen Ausdrücken glichen, war dabei kein Manko, im Gegenteil: Eben dies sicherte ihre Lesbarkeit. Denn die »Basisemotionen« sind »universell« nur in der Hinsicht, dass sie von Menschen überall auf der Welt auf denselben hochgradig gestellten (und zum Teil aus unterschiedlichen Einzelaufnahmen zusammengefügten) fotografischen Bildern identifiziert werden.[46] Sie sind, anders gesagt, nur insofern »universell«, als sie sich als so prägnante mimische Muster darstellen lassen, dass das Ergebnis mit maximaler Eindeutigkeit einem vorab festgelegten Label zugeordnet werden kann.

Zugunsten dieser gesteigerten Lesbarkeit abstrahiert Ekman von allem, was mimische Kommunikation im Alltag

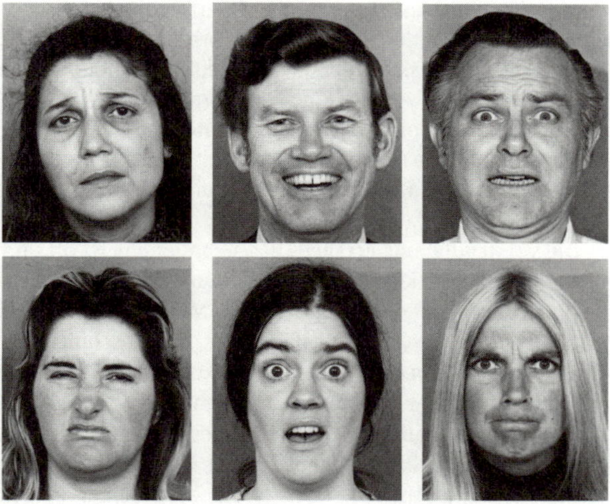

 # 11 Gesichtsausdrücke der sechs Basisemotionen Trauer, Freude, Angst, Ekel, Überraschung und Ärger nach Paul Ekman, 1976

ausmacht: ihre Wechselseitigkeit, ihre Eingebundenheit in soziale und kulturelle Kontexte ebenso wie das komplexe Zusammenspiel von Gesichtsausdruck, Körpersprache und verbaler Äußerung. Übrig bleiben allein isolierbare Muskelbewegungen, die sich mittels eines eigens entwickelten Notationssystems, dem Facial Action Coding System (FACS), als diskrete Zeichenfolge aufschreiben lassen. Das Gesicht ist nämlich für Ekman immer schon ein protodigitales Kommunikationsmedium, bestehend aus insgesamt 44 durchnummerierten *action units* (AU): Muskeln und Muskelgruppen, deren sichtbare Anspannung die Übertragung mimischer »Informationen« erlaubt. Was immer Menschen empfinden mögen, wenn sie sich freuen – für geübte FACS-Coder*innen reduziert sich »Freude« auf die Kombination von AU 6 und AU 12. Diese unglaubliche Komplexitätsreduktion macht Ekmans ursprünglich für die psychologische Forschung entwickeltes System so anschlussfähig für die digitale Emotionserkennung.[47]

Die Vorstellung universeller »Basisemotionen« ist oft und überzeugend kritisiert worden – die Neuropsychologin Lisa Feldman Barrett nennt sie gar einen »Mythos«.[48] Dennoch erscheint Ekmans System für diejenigen, die Maschinen das Lesen von Gefühlen beibringen wollen, konkurrenzlos. Es bietet einen praktischen Schlüssel, um mimische Muster zu erfassen und zu klassifizieren. Da scheint es zweitrangig, ob es die komplexe Wirklichkeit menschlicher Emotionen adäquat erfasst. Entscheidend ist, dass es sie handhabbar macht. Und das gilt für alle Formen der Gesichtsanalyse, ob sie nun darauf zielen, »kriminelle« Gesichtszüge oder emotionale Zustände zu identifizieren: Sie versprechen Komplexitätsreduktion, indem sie wiederkehrenden Mustern in digitalen Bildermengen distinkte Labels zuweisen, und zwar auf Basis verfügbarer Sammlungen eindeutig gelabelter Bilder. Diese Sammlungen jedoch bilden nur einen begrenzten und verzerrten Ausschnitt der Welt ab – und ihre Grenzen sind zugleich die Grenzen der Mustererkennung.

Wer in Bildermengen nach Mustern sucht, wird Muster finden. Doch diese Muster sind nicht selten Produkt kultureller Stereotypen und visueller Standards, die nun algorithmisch verstärkt und verstetigt werden. Die automatische Klassifizierung solcher Muster zementiert vereindeutigende Zuschreibungen – ob es sich nun um die Geschlechterbinarität oder vermeintliche »Basisemotionen« handelt. Jede Form »Künstlicher Intelligenz«, die in Zukunft Entscheidungen treffen soll, wird mit Daten aus der Vergangenheit trainiert. Und die Vergangenheit, so hat es Trevor Paglen treffend formuliert, »ist ein sehr rassistischer Ort«.[49] Sie ist auch ein sexistischer, homo- und transphober Ort sowie Schauplatz massiver sozialer Ungleichheit, und je mehr wir uns im Alltag auf automatisierte Systeme verlassen, umso schwerer entkommen wir dieser Vergangenheit. So stellte sich etwa bei einem Versuch mit US-Basketballprofis heraus, dass die Emotionserkennung Schwarzen häufiger negative Gefühle wie »Ärger« zuschrieb als ihren weißen Kollegen – selbst wenn beide im gleichen Ausmaß lächelten.[50] Man kann sich ausmalen, welche Konsequenzen solche rassistischen Verzerrungen haben, wenn Emotionserkennung bei der Vorauswahl von Stellenbewerber*innen oder zur Kriminalitätsprävention eingesetzt wird.

Doch die kulturellen Effekte eines großflächigen Einsatzes automatisierter Gesichtsanalyse könnten über die Verschärfung bestehender Diskriminierungen hinausgehen. In den USA, wo der Einsatz »Künstlicher Intelligenz« in Bewerbungsverfahren üblich zu werden beginnt, existieren bereits Trainingsangebote für Jobsuchende, die sie für die digitale Personalauslese fit machen sollen. Die Auswertung der Mimik trägt hier fast ein Drittel zum algorithmisch generierten *employability score* bei. Um sich im Online-Interview besonders »enthusiastisch« zu zeigen, scheint es daher ratsam, Gesichtsausdrücke einzuüben, die die Software entsprechend zu lesen gelernt hat.[51] Ganz gleich also, ob solche Programme tatsächlich in der Lage sind, emotionale Zustände zu erfassen – solange Unternehmen wie staatliche Stellen glauben, dass sie das tun, und sie entsprechend einsetzen, wird das nicht ohne Folgen bleiben. Die Muster, die die Algorithmen aus den Bildern der Vergangenheit destilliert haben, drohen so zum mimischen Standard zu werden, dem wir im Kontakt mit »Künstlicher Intelligenz« künftig zu genügen haben. Wir werden uns, anders gesagt, alle daran gewöhnen müssen, Masken für den »codierten Blick« aufzusetzen.

4 Maskierungen

Als die kalifornische Designerin Danielle Baskin ihre Idee im Februar 2020 auf Twitter präsentierte, war nicht ganz klar, ob es sich nicht bloß um einen Scherz handelte: Angeblich hatte sie eine Methode entwickelt, um Atemschutzmasken im N95-Standard mit Selfies zu bedrucken, um damit unter Pandemiebedingungen Smartphones zu entsperren. **(#12)** Baskin, die zunächst nicht damit gerechnet hatte, dass aus ihrem Prototyp ein vermarktbares Produkt werden könnte, wurde von der Resonanz auf ihren Tweet überwältigt. Viele wollten direkt ein Exemplar bestellen, während andere bezweifelten, dass sich etwa die 3D-Sensoren von Apples iPhone durch einen bloßen Fotodruck täuschen ließen. Die Designerin hielt es zwar prinzipiell für möglich, die Form der Masken für die dreidimensionalen Erkennungssysteme anzupassen, hat sich aber nicht zuletzt angesichts der Lieferengpässe bei N95-Masken dazu entschieden, zunächst eine waschbare Alternative aus Stoff anzubieten. Diese Selfie-Masken, die sie

#12 Danielle Baskin auf Twitter, Februar 2020

inzwischen auf ihrer Website *maskalike.com* vertreibt, sind zwar keineswegs Apple-kompatibel und wohl auch für die Entsperrung anderer Smartphones nur eingeschränkt nutzbar, aber wenigstens die menschlichen Bekannten können einen damit besser erkennen.

Wohl kein anderes Ereignis hat in kürzester Zeit die Sichtbarkeit des Gesichts in der Öffentlichkeit so radikal verändert wie die Corona-Pandemie. Für die Gesichtserkennung bedeutet dies ungeahnte Herausforderungen. Apples 2017 eingeführte Face-ID etwa erwies sich in dieser Situation als eher unpraktisch. Wer im Frühjahr 2020 mit dem iPhone kontaktlos im Geschäft bezahlen wollte, musste zuvor einige Geduld und Geschicklichkeit aufwenden, um dem Gerät beizubringen, das maskierte Gesicht als »alternatives Erscheinungsbild« zu akzeptieren. Inzwischen hat Apple nachgerüstet: Erkennt die Software eine Maske, bietet sie umgehend die Entsperrung per PIN an. Apple ist nicht der einzige Hersteller, der angesichts der Maskenpflicht mit Problemen zu kämpfen hat. Eine im Sommer 2020 veröffentlichte Studie stellte fest, dass alle getesteten Gesichtserkennungsalgorithmen bei Mund-Nasen-Bedeckungen massiv erhöhte Fehlerraten aufweisen. In bis zu 50 Prozent der Fälle waren sie nicht in der Lage, die Identität ein und derselben Person auf Bildern mit und ohne Maske festzustellen. Kaum überraschend ist, dass Gesichter umso schlechter erkannt wurden, je größer die bedeckte Fläche war. Doch nicht allein die Form, auch die Farbe der Maske hatte Einfluss auf das Ergebnis: Schwarze Masken führten aus ungeklärten Ursachen zu signifikant schlechteren Ergebnissen als hellblaue. Gesichtserkennung, das zeigt sich hier erneut, ist eine Blackbox, deren unvorhersehbare Reaktionen immer wieder Rätsel aufgeben.[52]

Ungeachtet aller technischen Schwierigkeiten könnte sich die Pandemie jedoch geradezu als Glücksfall für die Anbieter von Gesichtserkennung erweisen, eröffnet sie doch weltweit neue Märkte. Wer etwa in Polen unter häusliche Quarantäne gestellt wird, ist mittlerweile verpflichtet, eine App mit Gesichtserkennungs- und Geolokalisierungsfunktion auf dem Smartphone zu installieren und regelmäßig ein Selfie an die Behörden zu schicken, um die Einhaltung der Vorschriften nachzuweisen. In der norditalienischen Stadt Como wurden zur Kontrolle der Social-Distancing-Regeln 32 neue Überwachungskameras installiert, die Hälfte davon mit Gesichtserkennungsfunktion.[53] Und in Moskau, wo bereits über 170 000 mit Gesichtserkennung ausgerüstete Kameras den Stadtraum überwachen, mit denen allein bis Ende März 2020 angeblich rund 200 Quarantäne-Brecher*innen identifiziert werden konnten, kündigte der Polizeichef an, 9000 weitere Kameras installieren zu wollen, um noch die letzte »dunkle Ecke oder Seitenstraße« zu erfassen.[54] Die Liste der Beispiele ließe sich fortsetzen. Schon jetzt erweist sich die Coronakrise weltweit als wichtigster Beschleuniger beim Ausbau elektronischer Überwachung seit 9/11. Der Kampf gegen das Virus erlaubt es selbst höchstumstrittenen Unternehmen, sich neu zu erfinden: Nur wenige Wochen, nachdem Clearview AI als Totengräber der Privatsphäre weltweit Schlagzeilen gemacht hatte (siehe Einleitung), begann die Firma Gespräche mit US-Behörden, die ihre Software zur Kontaktverfolgung einsetzen wollen.[55]

Es gibt also immer mehr Gründe, sein Gesicht zu bedecken: »2020 is a very good year to cover your face«, mit diesem so eingängigen wie mehrdeutigen Slogan kündigte die Messenger-App Signal im Sommer des Jahres ein neues Feature an. Die Funktion *blur faces* erlaubt es seitdem, auf jedem Bild, das mit der App verschickt wird, automatisch alle Gesichter mit einem Unschärfefilter zu maskieren **(S. 5)**. Signal reagierte damit auf Diskussionen, die im Zuge der Black-Lives-Matter-Bewegung aufkamen. Dem verbreiteten Bedürfnis, Bilder der Proteste mit anderen zu teilen, stand die berechtigte Sorge entgegen, die Mitprotestierenden polizeilicher Verfolgung auszusetzen. Die *Blur*-Funktion, die Gesichter automatisch unkenntlich macht, ohne die Bilder, auf denen sie zu sehen sind, der Zirkulation zu entziehen, ist eine Antwort auf dieses Dilemma. Die App Anonymous Camera geht noch einen Schritt weiter: Mit ihr kann man selbst Videoaufnahmen in Echtzeit anonymisieren, Gesichter und Körper digital maskieren sowie bei Bedarf Stimmen verzerren und verräterische Metadaten entfernen. Die App richtet sich vor allem an Investigativ-Journalist*innen, die befürchten müssen, dass ihr Smartphone konfisziert wird. An Videos von Demonstrationen allerdings scheitert sie bislang: Zu viele Gesichter auf einmal überfordern die Echtzeitanonymisierung.[56]

Politische Proteste, darauf hat die Kunsthistorikerin Kerstin Schankweiler hingewiesen, sind heute mehr denn je *Bildproteste*, die ihre Wirkung dadurch entfalten, dass sie in Sozialen Medien sichtbar werden.[57] Zugleich wird diese Sichtbarkeit angesichts des massenhaften Einsatzes automatisierter Gesichtserkennung immer riskanter, droht sie doch jenen in die Hände zu spielen, die diese Proteste unterdrücken wollen. Die Erkennbarkeit des Gesichts rückt damit ins Zentrum von Auseinandersetzungen zwischen Protestierenden und Sicherheitsbehörden. So setzten sich zahlreiche Demonstrierende bei den Massenprotesten in Hong Kong 2019 mittels Gesichtsmasken, Regenschirmen, Laserpointern und Farbspray gegen Überwachungskameras zur Wehr, und einzelne Gruppen brachten mit Sägen und Seilen Straßenlaternen zu Fall, in denen sie Kameras vermuteten.[58]

Spätestens nach dem Skandal um Clearview AI war jedoch klar, dass sich der Gegner nicht nur auf Lampenpfosten, sondern auch in der eigenen Hosentasche versteckt: Jede Smartphone-Kamera kann zur unfreiwilligen Zeugin der Anklage werden. Wenn Verpixelung, Unschärfefilter und andere Techniken der Anonymisierung, wie sie zuvor etwa bei der Berichterstattung von Gerichtsprozessen üblich waren, zu selbstverständlichen Optionen im privaten Bildertausch werden, signalisiert dies daher auch ein gesteigertes Misstrauen gegenüber dem Sichtbarkeitsversprechen der Sozialen Medien. Bilder von sich zu machen und mit anderen zu teilen, erscheint nun gerade unter politisch brisanten Bedingungen weniger als Form der visuellen Selbstermächtigung denn vielmehr als riskanter Akt, der mit einem Verlust der Kontrolle über mögliche Verwendungen dieser Bilder einhergeht. Diese Angst vor Kontrollverlust trifft aber natürlich auch die klassischen Medien. Altgediente US-Fotoreporter*innen erlebten im Sommer 2020 erstmals, wie Demonstrierende von ihnen verlangten, ihre Gesichter nicht oder zumindest nur verfremdet abzubilden.[59] Der neue Wunsch nach Anonymisierung wird, so ist zu vermuten, nicht nur das journalistische Genre der Protestfotografie verändern. Jede Aufnahme im öffentlichen Raum wird künftig daraufhin befragt werden, was sie über diejenigen verrät, deren Gesichter auf ihr zu erkennen sind.

Mit der Ausbreitung der Gesichtserkennung ist das digitale Gesicht zum Schauplatz politischer Kämpfe um Sichtbarkeit und Erkennbarkeit geworden. Sein Gesicht im öffentlichen Raum wie in den Sozialen Medien zu zeigen oder zu verbergen, das ist spätestens seit 2020, dem Jahr von Clearview AI, Corona und Black Lives Matter, eine politische Entscheidung. Um jedoch die Gesichter der automatisierten Erkennung zu entziehen, müssen sie nicht aus den Bildern verschwinden. Denn Algorithmen »erkennen« Gesichter anders als Menschen – sie filtern aus digitalen Bildern signifikante Datenmuster heraus, die sie dann statistisch auswerten. Diese Differenz macht sich die Software Fawkes zunutze, die im Sommer 2020 von einem Team der University of Chicago vorgestellt wurde. Benannt nach der Guy-Fawkes-Maske, die durch die Comic-Verfilmung *V wie Vendetta* (*V for Vendetta*, 2005) und die Anonymous-Bewegung populär wurde, verspricht Fawkes eine nahezu unsichtbare Maskierung digitaler Gesichter, die sie durch minimale Störungen auf Pixelebene verfremdet. Für den menschlichen Blick zeigen sich diese Verfremdungen nur bei sehr genauem Hinschauen als leichte Schatten und geringfügige Verzerrungen. Für die Gesichtserkennung jedoch erzeugen die Eingriffe ein verändertes Merkmalsmuster – und suggerieren ihr, es mit einem völlig anderen Gesicht zu tun zu haben. **(#13)** Auf diese Weise konnten die Forscher*innen etwa ein Bild der Schauspielerin Gwyneth Paltrow derart transformieren, dass gängige Programme darauf ihren Kollegen Patrick Dempsey identifizierten.

#13 Mittels Fawkes maskiertes Gesicht: links das Original, rechts das für die Gesichtserkennung unkenntliche Double

Wenn wir nun, so die Idee der Entwickler*innen, künftig alle Bilder, die wir von uns hochladen, durch solche digitale Doubles ersetzen würden, liefen die Algorithmen von Firmen wie Clearview AI ins Leere. Beständig mit manipulierten Merkmalen gefüttert und auf falsche Fährten gelenkt, würden sie nie lernen, jemanden auf einem unmaskierten Bild – aus einer Überwachungskamera etwa – zu identifizieren. *Data poisoning*, »Datenkontamination«, nennt man diese Strategie, die darauf zielt, die Gesichterdatenbanken durch Überflutung mit manipulierten Bildern wertlos zu machen. »Unser Ziel«, so der Informatiker Ben Zhao, der Fawkes mitentwickelt hat, »ist es, Clearview AI verschwinden zu lassen.« Dafür jedoch könnte es bereits zu spät sein. Clearview AIs CEO Hoan Ton-That zumindest zeigte sich unbeeindruckt: Die Milliarden unmodifizierter Fotos, die derzeit online zirkulieren, ließen sich nicht von ein paar verfremdeten Selfies verdrängen. Projekte wie Fawkes könnten der Firma sogar helfen, ihre eigenen Algorithmen künftig weniger fehleranfällig zu machen.[60]

Es gibt gute Gründe, dem CEO von Clearview AI zu misstrauen, aber sein Statement enthält mehr als nur ein Körnchen Wahrheit. Denn tatsächlich haben subversive Strategien, die technische Lücken eines Systems ausnutzen, in der Regel eine begrenzte Halbwertszeit. Nicht umsonst arbeitet man in der KI-Industrie fieberhaft an der Entwicklung sogenannter *adversarial examples*, also manipulierter Ausgangsdaten, die für gezielte »Attacken« auf neuronale Netze benutzt werden, um ihre Schwachstellen aufzudecken. Auch die maskierten Gesichter von Fawkes lassen sich als ein solch »feindlicher« Input verstehen. Ein anderes Beispiel wäre das T-Shirt, das ein Team von US-Forscher*innen im Frühjahr 2020 vorstellte: Das psychedelisch wirkende Muster aus abstrakten Formen und bunten Farben, mit dem es bedruckt ist, verwirrt gängige Objekterkennungsalgorithmen derart, dass sie nicht mehr in der Lage sind, Körperumrisse zu lokalisieren. **(#14)** Im

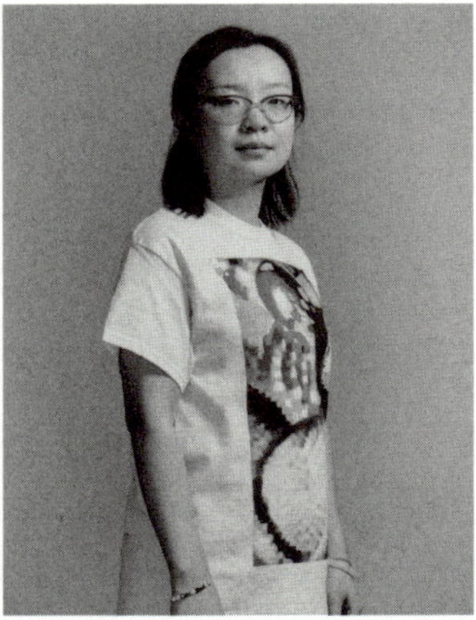

#14 Kaidi Xu, Gaoyuan Zhang, Sijia Liu u. a., Adversarial T-Shirt, 2020

gezielt von den Forscher*innen optimierten Rauschen der Muster wird der Körper für die Software praktisch unsichtbar. Anders als Fawkes zielt dieses Projekt aber nicht auf die Sabotage, sondern auf die Anpassung der Algorithmen. Explizit hoffen die Forscher*innen, dass sich diese in Zukunft »fixen« lassen, damit sie nicht mehr so leicht »ausgetrickst« werden können.[61]

Feindliche Muster, die heute noch Tarnung versprechen, können also morgen schon in Trainingsdaten einfließen. Wohl kaum jemand weiß das besser als der Künstler Adam Harvey. Bevor er seine Recherchen zu Trainingsdatenbanken begann (siehe Kap. 1), wurde Harvey 2010 mit dem Projekt *CV Dazzle* bekannt: aufwendigen Make-up-Styles und Frisuren, die darauf zielten, einen damals gängigen Gesichtsdetektionsalgorithmus zu täuschen. Gesichtsdetektion ist nicht dasselbe wie Gesichtserkennung. Es handelt sich um einen vorgelagerten Prozess, bei dem die Position eines Gesichts in einem Bild lokalisiert wird, bevor dieses in einem zweiten Schritt mit anderen Gesichtern abgeglichen werden kann. Dafür sucht der Algorithmus nach charakteristischen Hell-Dunkel-Verteilungen, die etwa auf Augenhöhlen oder hervortretende Wangenknochen hindeuten.

Sobald diese Helligkeitsverteilungen jedoch durch zusätzliche visuelle Elemente wie dunkle Flecken auf den Wangen oder lange Strähnen zwischen den Augen verfremdet werden, kann die Software kein Gesicht mehr entdecken. **(#15)** Das galt zumindest für jenen Algorithmus, auf den hin Harvey seine Maskierungen optimiert hat. Neuere Systeme haben dagegen mit seinen über zehn Jahre alten Frisurtipps keine Probleme mehr. Für Harvey ist *CV Dazzle* daher explizit »ein Konzept, kein Produkt oder Muster«: Es lässt sich nicht in einer dauerhaften Form fixieren, sondern erfordert die unermüdliche Auseinandersetzung mit dem jeweiligen Stand der Technik. Ausdrücklich ermuntert Harvey daher Besucher*innen seiner Website *cvdazzle.com*, ihre eigenen Designs auszuprobieren und gegen aktuelle Algorithmen zu testen. Zugleich warnt er sie davor, die dabei entstandenen Looks auf Facebook oder Instagram zu posten, wo sie unweigerlich zur weiteren Optimierung der Gesichtserkennung genutzt würden.

Im Wettlauf zwischen jenen, die die algorithmische Erkennung auszutricksen versuchen, und der Industrie, die an ihrer Optimierung arbeitet, wird die Letztere wahrscheinlich immer über die größeren Ressourcen verfügen. Das hat in den vergangenen Jahren Künstler*innen, Designer*innen und Wissenschaftler*innen aber nicht davon abgehalten, immer neue visuelle Strategien der Tarnung gegen Gesichtserkennung zu entwickeln. Sie reichen von

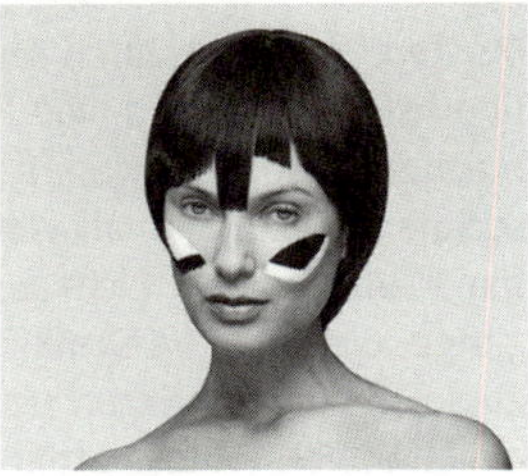

#15 Adam Harvey, *CV-Dazzle*, Style No. 1, 2010

Glitzersteinchen und transparenten Plexiglasmasken über Brillen mit Infrarot-LEDs bis hin zu tragbaren Beamern, die ein fremdes Gesicht auf das eigene projizieren. Alltagstauglich sind die wenigsten dieser Maskierungen, haben sie doch eines gemeinsam: Wo sie versprechen, das Gesicht für die Maschinen zum Verschwinden zu bringen, machen sie es zugleich für die Mitmenschen umso auffälliger. Aber vielleicht ist das ihre eigentliche Qualität – dass sie nämlich die Differenz zwischen menschlichem und maschinellem »Blick« sichtbar werden lassen.

Die »Paradoxie der Maske«, so hat es der Theaterwissenschaftler Richard Weihe formuliert, liegt eben darin, dass »sie zeigt, indem sie verbirgt«.[62] Jede Maske hat zwei Seiten: Ihre Innenseite verhüllt das Gesicht, und ihre Außenseite setzt an dessen Stelle ein Bild, das sich an die Blicke der Außenwelt wendet. Die Maske produziert also Unsichtbarkeit und Sichtbarkeit zugleich, und was sie sichtbar macht, sind nicht zuletzt die Ansprüche, mit denen ein Gesicht konfrontiert ist. Das gilt für Coronamasken, ob nun mit oder ohne Selfie, ebenso wie für Maskierungen, die die Algorithmen der Mustererkennung durch feindliche Muster zu stören und zu überlisten versuchen, wie Fawkes oder *CV Dazzle*. Allerdings machen solche neuartigen Formen der Camouflage weniger soziale Erwartungen als vielmehr technische Standards sichtbar – und werfen Licht auf die internen Verarbeitungsvorgänge, die sonst im Dunkel der Blackbox verborgen blieben. Zugleich demonstrieren sie die Fremdartigkeit jenes maschinellen »Blicks«, der mittlerweile in all die Apparate und medialen Infrastrukturen eingezogen ist, mit denen wir täglich interagieren. Gegen die Tendenz, automatisierte Gesichtserkennung zu anthropomorphisieren und damit zu verharmlosen, zeigen uns diese Maskierungen, dass das algorithmisch erkannte Gesicht ein technisches Artefakt ist: ein durch Prozesse der Datenverarbeitung generiertes Muster, das sich durch alternative Muster stören und verzerren lässt. Es ist, anders gesagt, eine vom Körper losgelöste digitale Maske.

5 Gesichter ohne Körper

»Diese Person existiert nicht«, so viel verrät uns schon die Adresse der Website. Doch das ist gar nicht so einfach zu glauben. Bei jedem Aufruf von *thispersondoesnotexist.com* erscheint ein neues Bild eines menschlichen Gesichts, das von einem normalen Porträtfoto kaum zu unterscheiden, tatsächlich aber Produkt eines Generative Adversarial Network (GAN) ist. Dabei handelt es sich um eine Variante maschinellen Lernens, bei der ein künstliches neuronales Netz von einem zweiten trainiert wird. Das erste neuronale Netz, der sogenannte Generator, soll durch Versuch und Irrtum lernen, realistische synthetische Porträts zu generieren. Das zweite neuronale Netz wiederum, »Diskriminator« genannt, lernt parallel dazu auf Basis großer Bildermengen, wie Porträtfotos üblicherweise aussehen – und gibt dem Generator fortlaufend Rückmeldung darüber, wie überzeugend seine Zufallskreationen ausfallen. Anhand dieses Feedbacks kann der Generator seine Bilder schrittweise den Erwartungen des Diskriminators anpassen, bis dieser sie schließlich nicht mehr von echten Porträtfotos unterscheiden kann. So entstehen die endlosen Varianten von Gesichtern, die auf der

Website zu sehen sind und die derart fotorealistisch anmuten, dass sie auch Menschenaugen zu täuschen vermögen. Oder zumindest fast, denn wer genauer hinschaut, wird irritierende Details entdecken: seltsame Asymmetrien, unnatürlich fallende Haare, eine Brille, die mit dem Gesicht verschmilzt, oder gar verunstaltete Teile eines zweiten Gesichts, die als unheimlicher Pixelbrei ins Bild hineinragen.[63] **(#16)**

All diese Personen existieren nicht als lebendige Körper, ihre synthetisch erzeugten Gesichter jedoch sind in der Welt und lassen sich für beliebige Zwecke einsetzen. Unter anderem sind solche Fake-Porträts bereits auf Firmenwebsites aufgetaucht, wo sie ein größeres Team suggerieren sollen, als tatsächlich vorhanden war, ebenso als Profilbilder von Facebook-Accounts, die massenhaft prochinesische Propaganda verbreiten.[64] Und als im US-Wahlkampf 2020 ein fingiertes Dossier über angebliche illegale Machenschaften von Joe Bidens Sohn Hunter lanciert wurde, stellte sich heraus, das auch dessen vermeintlicher Autor »Martin Aspen« nicht existierte: Sein Name und Lebenslauf waren eine Erfindung und sein Porträtbild das Produkt eines neuronalen Netzes.[65] Dieselben Technologien, die die Gesichtserkennung revolutioniert haben, dienen also inzwischen auch zur Produktion immer neuer digitaler Gesichter ohne Körper. Man kann damit rechnen, dass es

#16 Eines von unzähligen Gesichtern auf thispersondoesnotexist.com

künftig von immer mehr Bildern im Netz heißen wird: Diese Person existiert nicht.[66]

Doch gilt das nicht in gewisser Weise schon jetzt für die meisten digitalen Bilder? Immer perfektere Filter für das individuelle »Gesichtsdesign«, so hat es der Kulturwissenschaftler Wolfgang Ullrich beschrieben, haben das digitale Gesicht in ein ästhetisches Artefakt verwandelt, für das unser lebendiges Gesicht nur noch das Ausgangsmaterial liefert.[67] Auch bei dieser digitalen Verfremdung und Verschönerung von Gesichtern finden mittlerweile Generative Adversarial Networks, wie sie hinter *thispersondoesnotexist.com* stecken, Verwendung, etwa bei der beliebten FaceApp. Als die App 2019 Furore machte, warnten viele, hier wolle eine undurchsichtige russische Firma Gesichtsdaten abgreifen. Mindestens ebenso bedenklich sind allerdings die impliziten ästhetischen Standards, mit denen die Software operiert. So kann FaceApp mein Gesicht nicht nur künstlich altern lassen, sondern auch zeigen, wie es mit einem anderen Geschlecht aussehen würde – vorausgesetzt, die Software erkennt zunächst mein eigenes Geschlecht. Doch das ist keineswegs garantiert, und so kann es passieren, dass FaceApp Frauen eine »weibliche« Version und Männern eine »männliche« Version ihres Gesichts präsentiert, die jeweils den Gendernormen angepasst ist, die die Software verinnerlicht hat. Ein zwischenzeitlich verfügbarer »Hot«-Filter, der die Attraktivität des eigenen Gesichts steigern sollte, wurde immerhin deaktiviert, nachdem sich herausstellte, dass er zuverlässig die Nase verkleinerte, die Augen vergrößerte und die Haut aufhellte. »Hot«, so hatten die neuronalen Netze gelernt, hieß: möglichst weiß. Rassistische Diskriminierung und sexistische Stereotypisierung sind hartnäckige Übel, die nicht nur Gesichtserkennung und -analyse, sondern gerade auch das Gesichtsdesign heimsuchen.[68]

Mit ihrer massenhaften digitalen Verfügbarkeit sind unsere Gesichter zu körperlosen Masken geworden, die nahezu beliebig transformiert werden können. Einmal als flexible Datenmuster erfasst, lassen sich individuelle Merkmale ebenso wie mimische Ausdrücke vom einzelnen Gesicht ablösen und auf jedes andere digitale Gesicht übertragen. Besonders anschaulich wird dies an Techniken des Deepfake, wie sie zur Manipulation von Videosequenzen eingesetzt werden. Ein Beispiel dafür ist das »Face Swapping«, bei dem die Gesichtszüge einer Person auf den (Bild-)Körper einer anderen verpflanzt und mit deren Mimik und Bewegungen synchronisiert werden, was mittlerweile mit jedem Smartphone funktioniert. Bei einer der beliebtesten Apps des Jahres 2020, Reface, reicht ein schnell geschossenes Selfie, um das eigene Gesicht in Musikvideos oder Hollywoodfilme zu montieren. Doch Deepfakes sind nicht bloß ein harmloser Spaß. Die ersten zirkulierten um 2017 in den dunkleren Ecken des Internets, wo sich User an Pornovideos ergötzten, in die sie die Gesichter von Hollywoodstars oder Exfreundinnen hineinmontiert hatten. 2019 stellte eine Studie fest, dass solche Pornos 96 Prozent der online zirkulierenden Deepfake-Videos ausmachen. Deepfakes sind also nicht zuletzt eine überaus perfide Form, sich virtuell der Gesichter anderer Menschen zu bemächtigen, um diese zu erniedrigen und bloßzustellen.[69] Ebenso können sie zur Desinformation und Propaganda genutzt werden. Das scheint bislang noch die Ausnahme, könnte aber mit immer realistischeren Deepfakes zum echten Problem werden. Facebook hat daher eigens eine Datenbank von 100 000 Deepfake-Videos aufgebaut, an denen künstliche neuronale Netze nun lernen sollen, manipulierte von authentischen Clips zu unterscheiden. Die unkontrollierte algorithmische Gesichtsmanipulation, so scheint es, lässt sich nur noch durch algorithmische Bilderkennung bändigen.

Die berechtigte Aufregung über Deepfakes lenkt aber davon ab, dass Techniken der Bildmanipulation kaum noch trennscharf von solchen der Bildoptimierung abzugrenzen sind. Ein Beispiel dafür ist das »Upscaling«, also der Versuch, unscharfe, verpixelte und verruckelte Aufnahmen in Bilder höchster Auflösung, Schärfe und Bildfrequenz umzurechnen. Beispielsweise wird die Technik eingesetzt, um historische Filmaufnahmen zu »optimieren«: Auf einmal sieht man Straßenszenen um 1900 in Farbe, die Passant*innen bewegen sich in geschmeidigen Bewegungen, und scharfgezeichnete Gesichter blicken in die Kamera. All diese Details wurden von künstlichen neuronalen Netzen auf Grundlage der vorhandenen Bildinformationen ergänzt. Aber solche nachträglichen »Optimierungen« sind eben keine Aufzeichnung einer historischen Wirklichkeit, sondern bestenfalls eine plausible statistische Fiktion – wenn nicht gar eine Verfälschung der Geschichte.[70]

Doch wo endet das eine und beginnt das andere? Mittels Upscaling scheint heute möglich, was bislang nur in Krimiserien wie *CSI* funktionierte: nämlich selbst aus anonymisierten Pixelhaufen wieder hochauflösende Gesichter zu gewinnen, wie Forscher*innen der Duke University in einem vielbeachteten Paper demonstrierten.[71] Doch anders als im Fernsehen, wo selbst völlig verpixelte Bildausschnitte mit ein bisschen Computermagie plötzlich den Täter offenbaren, kann ein solcher »Face Depixelizer« natürlich nicht das ursprüngliche

Gesicht wiederherstellen. Die hochauflösenden Gesichter, die die Software generiert, sind letztlich, wie der Digital-Humanities-Forscher Fabian Offert schreibt, bloße »Halluzinationen«. Für Identifizierungszwecke sind sie nutzlos, gilt doch auch für diese Bilder: Diese Person existiert (so) nicht.[72]

Überall dort, wo es nicht um Authentizität, sondern um vermeintlich bloß ästhetische Optimierung geht, könnten solche Techniken der »Super Resolution« aber durchaus Anwendung finden: Unscharfe Gesichter in Bildern billiger Handykameras oder stark komprimierten Videostreams würden so nachträglich zu perfekten Aufnahmen hochgerechnet. Das Beispiel des »Face Depixelizers« zeigt jedoch, warum das keineswegs harmlos ist. Füttert man die Software beispielsweise mit einem grob verpixelten Porträt Barack Obamas, erhält man tatsächlich ein perfekt realistisches Gesicht – jedoch das eines weißen Mannes. **(#17)** Auch Alexandria Ocasio-Cortez und Lucy Liu werden von der Software buchstäblich weißgerechnet. Auf Twitter löste das eine Debatte über das Problem des *racial bias* aus, die vor dem Hintergrund der Black-Lives-Matter-Proteste rasch an Schärfe gewann. Während manche das Problem nur in der mangelnden Diversität der verwendeten Bilddatenbanken sahen, wiesen andere darauf hin, dass algorithmische Diskriminierung Gründe hat, die sich weniger einfach beheben lassen (siehe Kap. 2). So oder so – Bildoptimierung gänzlich ohne *bias* scheint kaum möglich, bedeutet Optimierung doch stets, das Unerwartete und Einzigartige zugunsten des Wahrscheinlichen und vermeintlich Normalen zu unterdrücken.

Ungeachtet dessen dringen Techniken der Bildoptimierung auf Basis künstlicher neuronaler Netze schon jetzt in unseren digitalen Alltag vor. Im Oktober 2020 etwa stellte die Firma Nvidia, auf deren Algorithmen auch *thispersondoesnotexist.com* basiert, den Prototyp einer neuartigen Videokonferenzsoftware vor. Statt kontinuierlich das ganze Bild zu übertragen, soll die Software nur wenige Merkmalspunkte im Gesicht analysieren, um allein die Veränderungen der Mimik zu erfassen. Ein Großteil der Bildinformationen wird so schon beim Sender herausgefiltert, damit selbst bei schlechter Internetverbindung eine stabile Übertragung möglich ist. Was dann als hochauflösendes Gesicht auf dem Monitor des Empfängers ankommt, ist keine Kameraaufzeichnung mehr, sondern eine in Echtzeit errechnete Animation. Und diese re-animierte Maske kann beliebig weiterverarbeitet und zum Beispiel so gedreht werden, dass sie automatisch immer direkt in die Kamera blickt.[73] Dem Gegenüber wird so ungebrochene Aufmerksamkeit suggeriert, auch wenn die Person

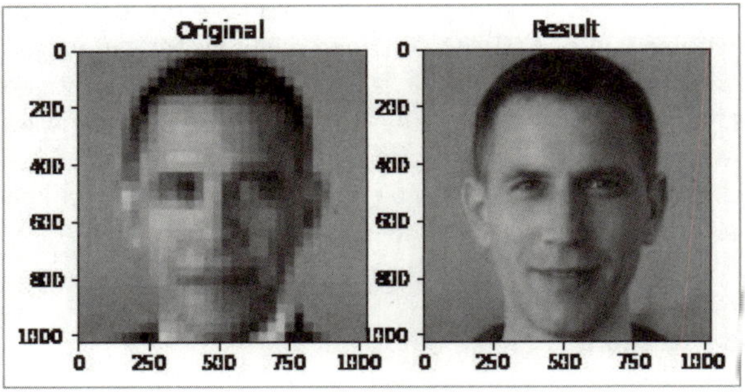

 # 17 links: verpixeltes Porträt Barack Obamas, rechts: mittels »Face Depixelizer« generierte hochauflösende Version

selbst gerade woanders hinblickt. Schon bald könnten uns ähnliche Programme beim Online-Vorstellungsgespräch die Augenringe entfernen, ein freundlicheres Lächeln aufsetzen oder unsere Physiognomie ein wenig »vertrauensvoller« erscheinen lassen. Unsere lebendigen Gesichter wären dann nur noch Quellen von Rohdaten, die in aufwendigen Prozessen der Filterung und Nachbearbeitung technisch optimiert werden müssen, um sie ästhetischen und sozialen Standards anzupassen – Standards, die aus der automatisierten Analyse anderer Gesichter gewonnen wurden.

Künftig wird daher kein digital optimiertes Gesicht nur einer Person gehören und auf einen einzigen Körper verweisen. Vielmehr wird jedes Gesicht, das online zirkuliert, zum kollektiven Porträt einer vernetzten digitalen Bildkultur, in dessen algorithmische Postproduktion und Reanimation unzählige andere Gesichter mal mehr, mal weniger offensichtlich eingeflossen sind. Man kann die damit drohende ästhetische Normierung beklagen, zumal diese Genderstereotype und rassistische Diskriminierung weiter verfestigen wird. Aber vielleicht gibt sie ja auch Anlass zum vorsichtigen Optimismus: Müssten in einer solchen Welt der körperlosen Masken und halluzinierenden neuronalen Netze nicht auch die Algorithmen der Gesichtserkennung immer häufiger konstatieren: Diese Person existiert nicht?

6 Was tun?

Wir sollten uns nicht darauf verlassen, dass die ungehemmte Proliferation manipulierter oder auch vollkommen künstlich generierter Gesichter die Gesichtserkennung in eine Krise stürzen wird. Wenn deren Geschichte eines zeigt, dann, dass technische Fehlschläge allein ihren Siegeszug bislang nicht aufhalten konnten. Schon jetzt wird die bewiesenermaßen unzuverlässige Echtzeitgesichtserkennung im öffentlichen Raum zwar nicht in Deutschland, aber an vielen anderen Orten der Welt eingesetzt. In China dient sie zur gezielten Überwachung der uigurischen Minderheit, an amerikanischen Schulen soll sie Amokläufe verhindern, auf Moskauer Plätzen Demonstrationen unterdrücken. Solange diejenigen, die über den Einsatz von Technologien entscheiden, glauben, ein wirksames Instrument in der Hand zu haben, werden diese Technologien weiter eingesetzt werden – ungeachtet ihrer Risiken und Nebenwirkungen.

Die Zukunft der Gesichtserkennung ist mithin nicht allein eine technische, sondern vor allem eine politische Frage. In Deutschland, wo seit Jahren um den Einsatz von Kameras mit Gesichtserkennung an Bahnhöfen und Flughäfen gestritten wird, schreckt der Gesetzgeber bislang davor zurück – auch aus Furcht, die Unterstützung der Bevölkerung für den Ausbau der Videoüberwachung im öffentlichen Raum zu verlieren. Doch schon jetzt setzen deutsche Polizeibehörden auf massenhafte Gesichtserkennung. Nach den G20-Protesten 2018 etwa erfasste die Hamburger Polizei die Gesichtsmuster von mehr als 100 000 Personen aus über 30 000 Fotos und Videos, darunter Aufnahmen von Überwachungskameras ebenso wie solche, die von der Bevölkerung auf einem eigens eingerichteten Hinweisportal hochgeladen worden waren. Wer sich also während der Gipfeltage in der Stadt aufhielt, dessen Gesicht könnte nun auf unbestimmte Zeit in polizeilichen Datenbanken gespeichert sein. Ein Antrag des Hamburger Datenschutzbeauftragten auf Löschung der Daten scheiterte jedenfalls vor Gericht. Und zur genauen Zahl der erfassten Personen konnten oder wollten die Behörden keine Auskunft geben – ebenso wenig wie dazu, mit welcher Methode die Software Gesichter identifiziert. Darüber, so ließ der Hamburger Senat auf Anfrage mitteilen, lägen keine Informationen des Herstellers Videmo vor.[74]

Gesichtserkennung ist eine hochriskante Technologie, die tief in Privatsphäre und Persönlichkeitsrechte eingreift und deren Fehlleistungen dramatische Konsequenzen haben können. Umso erstaunlicher ist es, dass ihre Entwicklung und ihr Einsatz im Vergleich zu anderen Hochrisikotechnologien kaum reguliert werden. Datenschutzgesetze allein reichen hier kaum aus: Selbst im Fall Clearview AI (siehe Einleitung) ist umstritten, ob die Firma gegen die durchaus strengen EU-Datenschutzregeln verstoßen hat, schließlich, so das Argument, nutze die Software wie jede andere Suchmaschine Bilder und Daten, die frei im Netz verfügbar sind.[75] Und was die Entwicklung der Algorithmen angeht, so geben sich Polizeibehörden wie Gesetzgeber häufig damit zufrieden, den Angaben wenig auskunftsfreudiger Hersteller zu vertrauen – und übersehen dabei, dass dieselben Technologien, die unter Laborbedingungen halbwegs zuverlässige Ergebnisse liefern, im praktischen Einsatz unvorhersehbare Effekte zeitigen können.

Die vielleicht wichtigste politische Forderung lautet daher: Transparenz. Es muss ein Recht darauf geben zu erfahren, wo und von wem unsere digitalen Gesichter gesammelt, gespeichert und ausgewertet werden. Und es darf nicht länger ein Geheimnis bleiben, welche Technologien dabei eingesetzt werden und wo ihre Schwachstellen liegen. Nur so können wir eine informierte Diskussion darüber führen, welche gesellschaftlichen Zwecke die Risiken eines Masseneinsatzes von Gesichtserkennung im öffentlichen Raum wie in digitalen Netzen tatsächlich rechtfertigen – und welche Regeln dafür gelten sollten. Doch solange diese Diskussion nicht geführt wird und grundlegende Probleme wie das des *racial bias* ungelöst bleiben, scheint ein zeitweiliges Verbot der Technologie die einzig verantwortbare Reaktion. Und das ist nicht völlig unrealistisch: Bereits im Mai 2019 hat ausgerechnet die Tech-Metropole San Francisco den Einsatz von Gesichtserkennung durch die Polizei und andere städtische Behörden untersagt. Andere amerikanische Großstädte sind dem Beispiel gefolgt. Und mittlerweile haben sich auch in Europa Initiativen gebildet, die sich gegen die unkontrollierte Massenauswertung unserer Gesichter zur Wehr setzen. Deren Slogan soll daher auch dieses Buch beschließen: Reclaim your Face!

Anmerkungen

1 Kashmir Hill, »The Secretive Company That Might End Privacy as We Know It«, auf: {www.nytimes.com/2020/01/18/technology/clearview-privacy-facial-recognition.html}. Letzter Zugriff auf diese und alle folgenden Internetseiten am 9.1.2021.

2 Dies., »Before Clearview Became a Police Tool, It Was a Secret Plaything of the Rich«, auf: {www.nytimes.com/2020/03/05/technology/clearview-investors.html}.

3 Daniel Laufer und Sebastian Meineck, »PimEyes: Eine polnische Firma schafft gerade unsere Anonymität ab«, auf: {https://netzpolitik.org/2020/gesichter-suchmaschine-pimeyes-schafft-anonymitaet-ab}.

4 Kashmir Hill, »Activists Turn Facial Recognition Tools Against the Police«, auf: {www.nytimes.com/2020/10/21/technology/facial-recognition-police.html}.

5 Nicholas Iovino, »Judge Won't Sign Off on $550M Facebook Facial Data Settlement«, auf: {www.courthousenews.com/judge-wont-sign-off-on-550m-facebook-facial-data-settlement}.

6 Vgl. Winfried Gerling, Susanne Holschbach und Petra Löffler, *Bilder verteilen. Fotografische Praktiken in der digitalen Kultur*, Bielefeld 2018.

7 Vgl. dazu und zum Folgenden: Roland Meyer, *Operative Porträts. Eine Bildgeschichte der Identifizierbarkeit von Lavater bis Facebook*, Konstanz 2019, S. 321–359.

8 FERET stand für Facial Recognition Technology.

9 Vgl. Kelly A. Gates, *Our Biometric Future. Facial Recognition Technology and the Culture of Surveillance*, New York 2011, S. 63–96.

10 Vgl. Chaos Computer Club: »Biometrische Videoüberwachung: Der Südkreuz-Versuch war kein Erfolg«, auf: {www.ccc.de/de/updates/2018/debakel-am-suedkreuz}.

11 Zur Einführung vgl. John D. Kelleher, *Deep Learning*, Cambridge/London 2019.

12 Zur Differenz zwischen menschlichem Sehen und »Machine Vision« vgl. Fabian Offert und Peter Bell, »Perceptual Bias and Technical Metapictures. Critical Machine Vision as a Humanities Challenge«, in: *AI & Society* (2020). DOI: 10.1007/s00146-020-01058-z.

13 Harveys Recherchen finden sich auf: https://megapixels.cc.

14 Vgl. Rainer Mühlhoff, »Menschengestützte Künstliche Intelligenz. Über die soziotechnischen Voraussetzungen von ›deep learning‹«, in: *Zeitschrift für Medienwissenschaft* Jg. 11 (2019), H. 21, S. 56–64.

15 Vgl. Shoshana Zuboff, *Das Zeitalter des Überwachungskapitalismus*, Frankfurt a. M./New York 2018.

16 Vgl. Felix Stalder, *Kultur der Digitalität*, Berlin 2016, S. 177–181.

17 Kashmir Hill, »Wrongfully Accused by an Algorithm«, auf: {www.nytimes.com/2020/06/24/technology/facial-recognition-arrest.html}.

18 Vgl. Clare Garvie, Jonathan Frankle, »Facial-Recognition Software Might Have a Racial Bias Problem«, auf: {www.theatlantic.com/technology/archive/2016/04/the-underlying-bias-of-facial-recognition-systems/476991}.

19 Ruha Benjamin, *Race After Technology. Abolitionist Tools for the New Jim Code*, Cambridge/Medford 2019, S. 12.

20 Vgl. Lucas D. Introna und David Wood, »Picturing Algorithmic Surveillance: The Politics of Facial Recognition Systems«, in: *Surveillance & Society* 2 (2004), 2/3, S. 177–198.

21 Vgl. Alina Tugend, »Exposing the Bias Embedded in Tech«, auf: {www.nytimes.com/2019/06/17/business/artificial-intelligence-bias-tech.html}

22 Karen Weise und Natasha Singer, »Amazon Pauses Police Use of Its Facial Recognition Software«, auf: {www.nytimes.com/2020/06/10/technology/amazon-facial-recognition-backlash.html}.

23 Joy Buolamwini und Timnit Gebru, »Gender Shades. Intersectional Accuracy Disparities in Commercial Gender Classification«, in: *Proceedings of Machine Learning Research* 81 (2018), S. 1–15. Vgl. auch die Website des Projekts: http://gendershades.org.

24 Patrick Grother, Mei Ngan und Kayee Hanaoka, »Face Recognition Vendor Test (FRVT) Part 3: Demographic Effects«, in: *NIST* 8280 (2019). DOI: 10.6028/NIST.IR.8280.

25 Niraj Chokshi, »Facial Recognition's Many Controversies, From Stadium Surveillance to Racist Software«, auf: {www.nytimes.com/2019/05/15/business/facial-recognition-software-controversy.html}.

26 Vgl. Ivana Bartoletti, *An Artificial Revolution. On Power, Politics and AI*, London 2020, S. 49.

27 Vgl. Adam Greenfield, *Radical Technologies: The Design of Everyday Life*, London/New York 2018, S. 218–220.

28 Lorna Roth, »Looking at Shirley, the Ultimate Norm: Colour Balance, Image Technologies, and Cognitive Equity«, in: *Canadian Journal of Communication* Vol. 34 (2009), S. 111-136.

29 Benjamin, *Race After Technology*, S. 106 f.

30 Nabil Hassein, »Against Black Inclusion in Facial Recognition«, auf: {https://digitaltalkingdrum.com/2017/08/15/against-black-inclusion-in-facial-recognition}.

31 Bartoletti, *An Artificial Revolution*, S. 47.

32 Vgl. Clare Garvie, »Garbage In, Garbage Out. Face Recognition On Flawed Data«, auf: {www.flawedfacedata.com}.

33 Sidney Fussell, »An Algorithm That ›Predicts‹ Criminality Based on a Face Sparks a Furor«, auf: {www.wired.com/story/algorithm-predicts-criminality-based-face-sparks-furor}.

34 Zu Lavater, Lombroso und Galton vgl. ausführlich: Meyer, *Operative Porträts*, S. 39–63, 87–128.

35 Zum Rassismus des US-Strafsystems vgl. Michelle Alexander, *The New Jim Crow. Masseninhaftierung und Rassismus in den USA*, München 2016. Während die Debatte über institutionellen Rassismus in der Polizei hierzulande gerade anläuft, wird die soziale Selektivität der Strafjustiz inzwischen seltener diskutiert, war aber noch in den 1970er-Jahren selbst für den damaligen Chef des Bundeskriminalamts evident. Vgl. Horst Herold, »Gesellschaftliche Aspekte der Kriminalitätsbekämpfung«, in: *Recht und Politik* 10 (1974), 1, S. 24–29.

36 Vgl. Blaise Agüera y Arcas, Margaret Mitchell und Alexander Todorov, »Physiognomy's New Clothes«, auf: {https://medium.com/@blaisea/physiognomys-new-clothes-f2d4b59fdd6a}.

37 Vgl. Gregor Mattson, »Tracking Wang and Kosinski's AI Gayface Controversy«, auf: {https://greggormattson.com/2017/09/12/tracking-wang-and-kosinskis-ai-gayface-controversy}.

38 Xiaolin Wu und Xi Zhang, »Automated Inference on Criminality using Face Images«, auf: {https://arxiv.org/pdf/1611.04135v1.pdf}.

39 Dass sich in heutigen digitalen Techniken das statistische Versprechen des 19. Jahrhunderts realisiert, beschreibt – bemerkenswert affirmativ – Armin Nassehi in: *Muster. Theorie der digitalen Gesellschaft*, München 2019.

40 Andreas Bernard, *Komplizen des Erkennungsdienstes. Das Selbst in der digitalen Kultur*, Frankfurt a. M. 2017.

41 Vgl. Paul Lewis, »›I was shocked it was so easy‹: Meet the professor who says facial recognition can tell if you're gay«, auf: {www.theguardian.com/technology/2018/jul/07/artificial-intelligence-can-tell-your-sexuality-politics-surveillance-paul-lewis}.

42 Vgl. Agüera y Arcas et. al., »Physiognomy's New Clothes«.

43 Dies., »Do algorithms reveal sexual orientation or just expose our stereotypes?«, auf: {https://medium.com/@blaisea/do-algorithms-reveal-sexual-orientation-or-just-expose-our-stereotypes-d998fafdf477}.

44 Vgl. Shona Ghosh, »Google AI will no longer use gender labels like ›woman‹ or ›man‹ on images of people to avoid bias«, auf: {www.businessinsider.in/tech/news/google-ai-will-no-longer-use-gender-labels-like-woman-or-man-on-images-of-people-to-avoid-bias/articleshow/74227834.cms}.

45 Vgl. Eden Gillespie, »Are you being scanned? How facial recognition technology follows you, even as you shop«, auf: {www.theguardian.com/technology/2019/feb/24/are-you-being-scanned-how-facial-recognition-technology-follows-you-even-as-you-shop}.

46 Vgl. Lisa Schreiber, »Gefühls-Montagen. Fotografisch-psychologische Praktiken der Aufzeichnung von Emotionen bei Paul Ekman«, in: *Fotogeschichte* 140 (2016), S. 49–58.

47 Vgl. dies. und Carl Martin Grewe, »Digitale Bildarchive. Archivierung und Codierung der Gefühle«, in: Nikola Doll, Horst Bredekamp und Wolfgang Schäffner (Hg.), *+ultra. gestaltung schafft wissen*, Leipzig 2016, S. 280–285.

48 Lisa Feldman Barrett, *How Emotions are Made. The Secret Life of the Brain*, New York 2017, S. 42 ff.

49 Zit. nach: James Bridle, *New Dark Age. Der Sieg der Technologie und das Ende der Zukunft*, München 2019, S. 169.

50 Vgl. Lauren Rhue, »Racial Influence on Automated Perceptions of Emotions«, auf: {https://ssrn.com/abstract=3281765}.

51 Vgl. Drew Harvell, »A face-scanning algorithm increasingly decides whether you deserve the job«, Washington Post, auf: {www.washingtonpost.com/technology/2019/10/22/ai-hiring-face-scanning-algorithm-increasingly-decides-whether-you-deserve-job}.

52 Mei Ngan, Patrick Grother und Kayee Hanaoka, »Ongoing Face Recognition Vendor Test (FRVT) Part 6A: Face recognition accuracy with masks using pre-COVID-19 algorithms«, in: *NISTIR* 8311 (2020). DOI: 10.6028/NIST.IR.8311. Als der Test ein knappes halbes Jahr später

wiederholt wurde, hatten sich die Erkennungsraten insgesamt verbessert, doch nach wie vor produzierten dunklere Masken signifikant höhere Fehlerraten. Vgl. dies., »Ongoing Face Recognition Vendor Test (FRVT) Part 6B: Face recognition accuracy with face masks using post-COVID-19 algorithms«, in: *NISTIR* 8311 (2020). DOI: 10.6028/NIST.IR.8331.

53 Vgl. Algorithm Watch & Bertelsmann Stiftung (Hg.), »Automated Decision-Making Systems in the COVID-19 Pandemic: A European Perspective, Special Issue of the Automating Society Report 2020«, auf: {www.bertelsmann-stiftung.de/fileadmin/files/user_upload/ADM-systems-in-the-Covid-19-pandemic__Report_by_AW___BSt__Sept_2020_.pdf}.

54 Mary Ilyushina, »How Russia is using authoritarian tech to curb coronavirus«, auf: {https://edition.cnn.com/2020/03/29/europe/russia-coronavirus-authoritarian-tech-intl/index.html}.

55 Vgl. J. Cavanaugh Simpson, »An Epidemic's Electronic Eyes«, auf: {https://hub.jhu.edu/magazine/2020/fall/digital-contact-tracing-ethics}.

56 Vgl. James Vincent, »Anonymous Camera is a new app that uses AI to quickly anonymize photos and videos«, auf: {www.theverge.com/2020/6/11/21280293/anonymize-blur-faces-photos-videos-camera-app-ios}.

57 Kerstin Schankweiler, *Bildproteste. Widerstand im Netz*, Berlin 2019.

58 Vgl. Sidney Fussell, »Why Hong Kongers Are Toppling Lampposts«, auf: {www.theatlantic.com/technology/archive/2019/08/why-hong-kong-protesters-are-cutting-down-lampposts/597145}.

59 Vgl. Alex Hodor-Lee, »The blurred faces—and ethics—of protest photography«, auf: {www.documentjournal.com/2020/06/the-blurred-faces-and-ethics-of-protest-photography}.

60 Kashmir Hill, »This Tool Could Protect Your Photos From Facial Recognition«, auf: {www.nytimes.com/2020/08/03/technology/fawkes-tool-protects-photos-from-facial-recognition.html}.

61 Alex Lee, »This ugly t-shirt makes you invisible to facial recognition tech«, auf: {www.wired.co.uk/article/facial-recognition-t-shirt-block}.

62 Richard Weihe, *Die Paradoxie der Maske. Geschichte einer Form*, München 2004, S. 14 (im Original kursiv).

63 Wer üben will, die Fake-Porträts von echten Gesichtern zu unterscheiden, findet auf www.whichfaceisreal.com ein entsprechendes Quiz.

64 Siddharth Venkataramakrishnan, »After deepfakes, a new frontier of AI trickery: fake faces«, auf: {www.ft.com/content/b50d22ec-db98-4891-86da-af34f06d1cb1}.

65 Vgl. Ben Collins und Brandy Zadrozny, »How a fake persona laid the groundwork for a Hunter Biden conspiracy deluge«, auf: {www.nbcnews.com/tech/security/how-fake-persona-laid-groundwork-hunter-biden-conspiracy-deluge-n1245387}.

66 Vgl. Simon Rothöhler, »F for Deepfake. Diese Person existiert nicht (refresh)«, in: *Cargo* 41 (2019), S. 70

67 Wolfgang Ullrich, *Selfies. Die Rückkehr des öffentlichen Lebens*, Berlin 2019, S. 62

68 Vgl. Elena Cresci, »FaceApp apologises for ›racist‹ filter that lightens users' skintone«, auf: {www.theguardian.com/technology/2017/apr/25/faceapp-apologises-for-racist-filter-which-lightens-users-skintone}.

69 Vgl. Samantha Cole, »Deepfakes Were Created As a Way to Own Women's Bodies – We Can't Forget That«, auf: {www.vice.com/en/article/j5kk9d/deepfakes-were-created-as-a-way-to-own-womens-bodieswe-cant-forget-that-v25n2}.

70 Vgl. Thomas Nicholson, »YouTubers are upscaling the past to 4K. Historians want them to stop«, auf: {www.wired.co.uk/article/history-colourisation-controversy}.

71 Sachit Menon et al., »PULSE: Self-Supervised Photo Upsampling via Latent Space Exploration of Generative Models«, auf: {https://arxiv.org/pdf/2003.03808.pdf}.

72 Fabian Offert, »There Is No (Real Life) Use Case for Face Super Resolution«, auf: {https://zentralwerkstatt.org/blog/pulse}.

73 Vgl. James Vincent, »Nvidia says its AI can fix some of the biggest problems in video calls«, auf: {www.theverge.com/2020/10/5/21502003/nvidia-ai-videoconferencing-maxine-platform-face-gaze-alignment-gans-compression-resolution}.

74 Vgl. Marie Bröcking, »Datenschützer scheitert an Löschung biometrischer G20-Datenbank«, auf: {https://netzpolitik.org/2019/datenschuetzer-scheitert-an-loeschung-biometrischer-g20-datenbank}.

75 Vgl. Chris Köver, »EU-Datenschutzregeln schützen nicht vor Gesichter-Suchmaschinen«, auf: {https://netzpolitik.org/2020/eu-datenschutzregeln-schuetzen-nicht-vor-gesichter-suchmaschinen}.

Abbildungsnachweis

S. 5 https://signal.org/blog/blur-tools/
#1 https://paolocirio.net/work/capture/capture-action-paris.php, Courtesy of Paolo Cirio
#2 Takeo Kanade, *Computer Recognition of Human Faces*, Basel/Stuttgart 1977, S. 59
#3 Matthew Turk, »A Random Walk through Eigenspace«, in: *IEICE Transactions on Information and Systems* 12 (2001), S. 1586–1595, hier: S. 1592
#4 Trevor Paglen, Courtesy of the Artist and Metro Pictures, New York
#5 »Labeled Faces in the Wild«, http://vis-www.cs.umass.edu/lfw/#download
#6 © picture-alliance/ AP/ Steven Senne
#7 Kodak Shirley Card, 1960, Sammlung Hermann Zschiegner, https://follow-ed.com/kodak-shirleys
#8 Karl Pearson, *The Life, Letters and Labours of Francis Galton, Volume II. Researches of Middle Life*, Cambridge 1924, Tafel XXVIII
#9 Xiaolin Wu, Xi Zhang: »Automated Inference on Criminality using Face Images«, arXiv:1611.04135v2, 21. November 2016, S. 7
#10 Trevor Paglen, Courtesy of the artist and Metro Pictures, New York
#11 Paul Ekman und Wallace V. Friesen, *Unmasking the Face: A Guide to Recognizing*, Los Altos 2003
#12 https://twitter.com/djbaskin/status/1228798382598000640
#13 https://sandlab.cs.uchicago.edu/fawkes/
#14 https://www.wired.co.uk/article/facial-recognition-t-shirt-block © Benedict Evans
#15 https://cvdazzle.com ©2010 Adam Harvey
#16 Thispersondoesnotexist.com
#17 https://twitter.com/Chicken3gg/status/1274314622447820801?s=20

Herzlichen Dank an Jacob Birken, Christa Kamleithner, Annekathrin Kohout, Fabian Offert, Dominik Schrey, Wolfgang Ullrich, Tilman Vogt, Markus Widter

Roland Meyer forscht und lehrt als Kunst- und Medienwissenschaftler an der BTU Cottbus-Senftenberg. Schwerpunkt seiner Arbeit ist die Geschichte und Theorie technischer Bilder. 2019 erschien sein Buch *Operative Porträts*, das die Vorgeschichte heutiger Gesichtserkennung von Lavater bis Facebook nachzeichnet.

DIGITALE BILDKULTUREN

Alle Bände: Broschur. 80 Seiten mit Abbildungen
auch als E-Book erhältlich

»Es gibt Dinge, von denen weiß man erst, wenn man sie in der Hand hat, dass man auf sie gewartet hat: Hier wird auf gut verständliche Weise das thematisiert, was uns in der Kunstgeschichte im Moment alle beschäftigt.«

Stefan Koldehoff, Deutschlandfunk

Die erste Buchreihe, die sich systematisch mit der ästhetischen, gesellschaftlichen und politischen Dimension von Bildphänomenen des Digitalen beschäftigt.

Annekathrin Kohout NETZFEMINISMUS
Strategien weiblicher Bildpolitik

Wolfgang Ullrich SELFIES
Die Rückkehr des öffentlichen Lebens

Kerstin Schankweiler BILDPROTESTE
Widerstand im Netz

Paul Frosh SCREENSHOTS
Racheengel der Fotografie

Diana Weis **MODEBILDER**
Abschied vom Real Life

Daniel Hornuff **HASSBILDER**
Gewalt posten, Erniedrigung liken, Feindschaft teilen

Tilman Baumgärtel **GIFS**
Evergreen aus Versehen

Dirk von Gehlen **MEME**
Muster digitaler Kommunikation

Jörg Scheller **BODY-BILDER**
Körperkultur, Digitalisierung und Soziale Netzwerke

In Planung:

Estelle Blaschke **METABILDER**

Gala Rebane **EMOJIS**

Katja Müller-Helle **BILDZENSUR**

Wenn Sie mehr über den Verlag und seine Bücher wissen möchten, schreiben Sie uns eine Postkarte oder elektronische Nachricht (mit Anschrift und E-Mail). Wir informieren Sie dann regelmäßig über unser Programm und unsere Veranstaltungen.

Verlag Klaus Wagenbach Emser Straße 40 / 41 10719 Berlin

www.wagenbach.de vertrieb@wagenbach.de

FSC
www.fsc.org
MIX
Papier aus verantwortungsvollen Quellen
FSC® C014889

Umschlaggestaltung: Studio Jung, Berlin. Gesetzt aus der Milo OT. Gedruckt auf Schleipen bei Pustet, Regensburg
Printed in Germany.

ISBN 978 3 8031 3705 0